장화홍련전

우리가
정말
가족일까?

물음표로
따라가는
인문고전

11

장화홍련전

우리가
정말
가족일까?

글 강영준 | 그림 홍지혜

지학사아르볼

《장화홍련전》,
'위험한 소설'인 이유는 뭘까?

우리는 어린 시절부터 이야기를 즐겨 읽고 듣습니다. 이야기를 읽다 보면 어느새 자신이 주인공이 된 듯 몰입하게 되죠. 이야기를 통해 현실에서 이룰 수 없는 욕망을 성취하고, 미지의 세계를 모험하기도 합니다. 그런가 하면 우리가 어릴 때 읽었던 동화에는 교훈들이 적잖이 담겨 있어요. 예를 들어 '개미와 베짱이' 이야기나 '토끼와 거북이' 이야기는 게으름을 경계하고 성실성을 미덕으로 삼고 있죠.

그런데 옛이야기 중에는 세상에 대한 편견과 그릇된 인식을 조장하는 이야기도 있어요. 《신데렐라》, 《백설공주》, 《인어공주》와 같은 소설들을 떠올려 봐요. 여기 등장하는 여성들은 모두 수동적입니다. 주인공들은 남자 덕에 잘되거나 남자 때문에 비극을 겪죠. 여성이 스스로 운명을 개척하면 안 될까요? 그저 어쩌다 좋은 남자를 만나는 행운을 기다려야 하는 걸까요? 게다가 소설 속 주인공들은 하나같이 아름답습니다. 남자들에게 '구원'을 받으려면 곱고 예뻐야 한다는 단서까지 붙어 있는 거죠.

우리 고전 중에 '선녀와 나무꾼' 이야기가 있어요. 그런데 이 이야기도 따져 보면 위험천만한 내용이 한두 군데가 아닙니다. 나무꾼이 사냥꾼에게 쫓기는 사슴을 도운 것 말고는 모두 범죄에 가까운 이야기니까요. 선녀들이 목욕하는 것을 훔쳐보고, 그중 한 선녀의 옷을 감추고, 선녀를 하늘로 돌아가지 못하도록 하는 행동들은 현실에서 있어서는 안 될 일들이죠.

이런 이야기도 있습니다. 마를 캐어서 팔던 어느 시골뜨기 청년이 신라의 공주가 아름답다는 이야기를 듣고는 그녀와 혼인을 해야겠다고 마음먹습니다. 여기까지는 괜찮아요. 떳떳하게 성공해서 공주를 아내로 맞이하면 되니까요. 그런데 이 청년은 그렇게 하지 않았어요. 신라 땅에 가서 아이들을 시켜 괴상한 노래를 부르게 만들었습니다. 공주님이 밤만 되면 몰래 남자를 만나러 다닌다고 말이죠. 일종의 스캔들을 일으켜서 공주를 궁지에 몰아넣은 뒤, 결국 궁궐에서 쫓겨나게 만들었죠. 그러고는 오갈 데 없는 공주를 진심으로 돕는 척하며 자기 아내로 만들었습니다. 바로 백제의 제30대 임금

무왕이 서동 시절에 벌였던 일입니다.

만약 이런 일이 오늘날 벌어진다면 어떨까요? 명예 훼손에 모욕, 사기 등의 죄목으로 법적 처벌을 피할 수 없을 것입니다. 물론 설화는 어디까지나 이야기일 뿐이니 정말 역사적으로 이런 일이 있었는지는 확인할 수 없어요. 흥미를 돋우기 위해서 각색된 면이 있겠죠. 그렇다고 해도 상식적으로 이해하기 어려운 이야기임에는 틀림없어요. 왜 당시에는 문제가 안 되었을까요? 아마도 그 시절이 남성 중심적인 사회였기 때문에 크게 문제가 되지 않았을 것입니다. 그러나 오늘날에도 이러한 이야기들을 무비판적으로 읽어서는 안 될 것입니다. 사람들에게 편견이나 그릇된 인식을 심어 준다면 그것은 위험한 동화, 위험한 소설임에 분명하니까요.

우리가 읽을 《장화홍련전》도 위험한 소설입니다. 가족에 대한 편견을 갖게 하기 때문이죠. 이 소설에는 여러분도 알다시피 계모가 등장합니다. 계모는 어떤 사람일까요? 언젠가 청소년을 대상으로 강연하다가 뜬금없이 이렇게 질문한 적이 있습니다. '계모'라는 단어는 사전적 의미로 '새엄마'라는 뜻을 갖습니다. 그런데 흥미롭게도 많은 학생들이 '나쁜 여자' 혹은 '못된 여자'라고 답했답니다. 어쩌다 새엄마는 나쁜 여자, 못된 여자가 되었을까요? 본래 인간성이 나쁜 여자가 새엄마가 되는 걸까요? 아니면 핏줄이 다른 가족은 무조건

나쁜 걸까요? 그럼 핏줄로 맺어진 가족 간의 관계는 아름답기만 할까요? 어째서 나쁜 계부 이야기는 별로 없을까요?

　우리는 지금까지 나쁜 계모 이야기들을 자주 접해 왔습니다. 계모에 대한 부정적인 인식도 여기에서 기인했을 수 있습니다. 어릴 때 접했던 동화 속 계모들은 모두 공포와 혐오의 대상이었죠. 《장화홍련전》에 그려진 계모도 마찬가지예요. 그런데 정말 계모들은 다 못된 사람들일까요? 또 가족은 언제나 핏줄로만 엮여야 할까요? 이제는 그런 생각에서 조금씩 벗어날 때는 아닌지 생각해 봐요.

　《장화홍련전》을 다시 읽으며 계모가 왜 나쁜 여자가 되었는지, 어째서 계모는 진정한 가족이 될 수 없었는지 그 까닭을 살펴봅시다. 만약 우리도 모르게 편견에 사로잡혀 있었다면 그것을 한 겹 한 겹 벗겨 보기로 해요. 진정한 가족의 의미도 생각해 보면서 말입니다.

● **강영준**

Part 1 │ 고전 소설 속으로

　고전을 아름다운 그림과 함께 담아냈습니다. 원전에 충실하면서도 어려운 단어를 최대한 줄이고 쉽게 풀이하여, 재미난 이야기를 마주하듯 술술 읽을 수 있도록 했습니다.

Part 2 | 물음표로 따라가는 인문학 교실

고전은 오늘의 우리를 비추는 거울이며, '인문학'을 담고 있는 그릇입니다. 이 책은 고전의 재미를 더하고, 우리 고전을 인문학적인 관점에서 바라볼 수 있도록 구성되었습니다.

● 고전으로 인문학 하기

고전 소설을 읽고 나면 머릿속에는 여러 질문들이 떠올라요. 물음표에 대한 답을 따라가 보세요. 배경지식이 쑥쑥 늘어날 거예요.

● 고전으로 토론하기

고전의 내용에 기반한 가상 대화가 이어집니다. '고전으로 토론하기'를 통해 다르게 생각하는 힘을 길러 보세요.

● 고전과 함께 읽기

함께 읽으면 더욱 좋은 문학, 영화, 드라마 등을 소개합니다. 비슷한 주제가 다른 작품에서는 어떻게 표현되었는지 살펴보고 생각의 폭을 넓히세요.

차례

Part 1 | 고전 소설 속으로

Part 2 | 물음표로 따라가는 인문학 교실

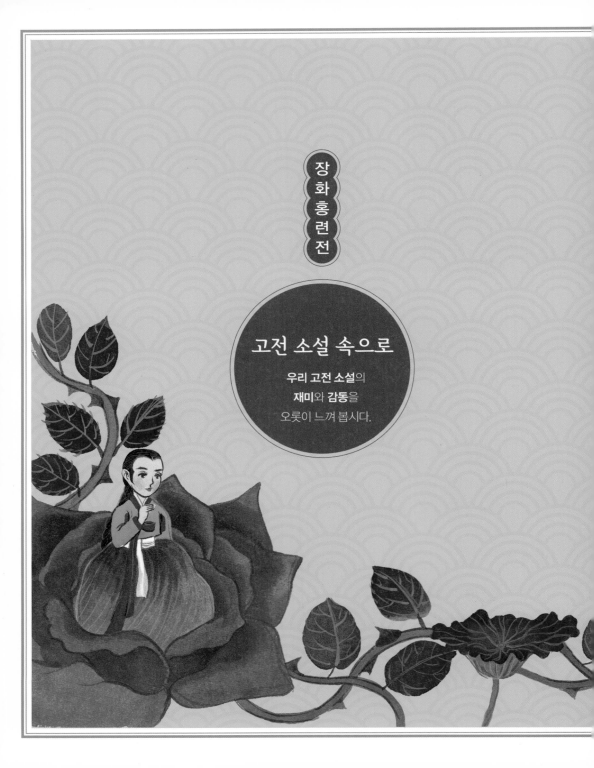

장
화
홍
련
전

고전 소설 속으로

우리 고전 소설의
재미와 **감동**을
오롯이 느껴 봅시다.

●

“부디 옛정을 생각하시어 장화와 홍련이를 잘 돌봐 주십시오.

저의 유언을 저버리지 마시고, 어미 없는 두 딸을 불쌍히 여기셔서

다 자라날 때까지 지켜봐 주십시오.”

　　　●

검은 기운이
드리우다

옛날 조선 시대의 일이다. 평안도 철산 땅에 성은 배요, 이름은
무룡이라는 자가 살고 있었다.

배무룡의 가문은 대대로 철산 땅에서 오랫동안 양반으로 살아
왔지만, 근래에는 여러 대에 걸쳐 벼슬에 나아가는 사람이 없었다.
배무룡도 마찬가지였다. 그러나 본래 그는 성품이 순박하고 온화
하여 고을에서 좌수* 노릇을 하고 있었다. 집안 재산이 넉넉하고
아내 장씨 또한 아름답고 서로 금슬이 좋아 부부는 조금도 남부러
울 것이 없었다.

* **좌수** 조선 시대 명예 벼슬로 지방의 수령을 보좌하는 일을 맡았다.

딱 한 가지 걱정이 있다면 부부가 된 지 몇 해가 지나도 아이가 생기지 않는다는 것이었다. 배 좌수 부부는 늘 마음 한 켠이 허전하고 슬펐다.

그러던 어느 봄날, 햇볕이 고양이 털처럼 부드럽고 따스한 때였다. 부인 장씨는 나른한 몸을 침상에 기댔다. 그때였다.

"부인, 이 꽃을 받으시지요."

장씨는 갑작스러운 소리에 놀라 주위를 둘러보았다. 사방에 푸르스름한 안개가 깔렸고, 눈앞에 날개옷을 입은 신선이 보였다.

"자, 받으십시오. 부인께 드리는 하늘의 선물입니다."

신선은 다정하게 웃으며 손을 내밀었다. 신선의 손에는 향기로운 붉은 꽃 한 송이가 들려 있었다. 꽃이 너무나 아름답고 탐스러워 장씨는 자신도 모르게 손을 뻗쳤다. 그런데 갑자기 거센 바람이 일어나더니 꽃이 장씨의 몸속으로 들어오는 게 아닌가.

장씨는 깜짝 놀라 소리를 지르며 깨어났다. 꿈이었다. 그것도 너무나 생생한 꿈이었다. 꿈에서 깬 지 한참이 지나도 붉은 꽃이 눈앞에서 되살아날 정도였다.

장씨는 남편을 불러 꿈 이야기를 전해 주었다. 배 좌수는 기뻐서 어쩔 줄 모르며 장씨 손을 맞잡았다.

"부인, 이건 태몽이 분명하오. 하늘이 우리를 불쌍히 여겨 귀한 자식을 점지해 준 거요. 이렇게 기쁠 수가!"

오랫동안 아이를 기다렸던 배 좌수 부부의 기쁨은 이루 말할 수 없었다.

과연 장씨에게는 그달부터 태기가 있었고, 열 달이 지나 드디어 아기가 태어났다. 장씨가 아기를 낳을 때 방 안에는 꽃향기가 가득했다. 아기는 아름다운 장씨를 쏙 빼닮아 오목조목한 생김새에 뽀얀 얼굴색을 가졌다. 배 좌수는 장씨의 손을 잡고 말했다.

"아이 이름을 장화(薔花)라고 합시다. 장미꽃처럼 곱고 귀하게 키우자는 뜻으로 말이오."

배 좌수 부부는 장화를 귀한 보석처럼 아끼고 사랑해 주었다.

장화가 아장아장 걸음마를 막 배우기 시작할 즈음, 장씨는 또다시 태기를 느꼈다.

"하늘이 우리를 보살펴 주시는구려. 이번에는 아들이 태어나면 좋으련만. 장화에게도 남동생이 생기면 좋지 않겠소."

배 좌수는 이왕이면 사내아이가 태어나 가문의 대를 이어 주기를 바라며 밤낮으로 빌었다. 그러나 자식은 하늘이 내리는 것인지 둘째도 딸이었다.

"사내였으면 더 좋았을 것을. 하지만 이 아이도 부인을 닮아 어여쁘기 그지없소. 아이의 이름은 홍련(紅蓮), 붉은 연꽃이라고 지읍시다."

아들을 낳지 못한 서운함도 잠시, 배 좌수 부부는 장화와 홍련 자매를 살뜰하게 보살피며 정성스럽게 키웠다.

장화와 홍련 자매는 자랄수록 얼굴이 아름답고 재주가 뛰어났다. 어린 나이에 그림을 잘 그리고 수를 놓는 솜씨도 보통이 아니었다. 마음은 더 고왔다. 자매는 한 번도 다투거나 싸우지 않았다. 게다가 부모를 위하는 마음도 남달랐다.

"우리 부부는 참 복이 많은 듯하오. 사랑스럽고 귀여운 딸을 둘씩이나 뒀으니 말이오.

마음씨는 어찌나 고운지 정말 나무랄 데 없구려."

"저는 걱정스러워요. 아직 응석을 부려도 되는 나이인데, 벌써
부터 어른처럼 마음을 쓰니 말이에요."

"가르치지 않아도 스스로 알아서 예의를 갖추니 얼마나 기특하
오. 걱정하지 마시오."

배 좌수는 부인을 안심시켰다.

행복한 나날이 흘러갔다. 장화와 홍련은 이름과 같이 아름다운
꽃처럼 활짝 피어났다.

그러나 행복도 잠시, 장씨가 병을 앓으면서 가정에
먹구름이 드리웠다.

"부인, 일어나시오. 어린것들이 밤낮으로 하늘에 기도를 드리고 있지 않소. 대체 무슨 병이 이렇게 지독하단 말인가. 부인, 어서 자리를 털고 일어나시오. 저 어린것들을 생각해서라도 힘을 내야만 하오."

배 좌수는 병석에 앓아누운 장씨에게 애원했다. 배 좌수는 아픈 부인을 위해 여기저기 뛰어다니며 좋은 약을 구하고 열심히 간호했다. 그렇게 시간이 흘렀지만 장씨는 차도가 없었다. 비싼 약도, 유명한 의원도 부질없었다. 장씨의 얼굴에서 이미 저승의 그림자가 보인 지 오래였다.

장씨는 자신의 운명을 예감하고 바싹 마른 입술을 간신히 떼며 딸들을 불렀다.

"장화야, 홍련아."

"네, 어머니. 힘을 내셔요."

"어머니, 저희가 지켜 드릴게요."

"그래, 고맙구나."

장씨는 딸들의 작고 연약한 손을 어루만졌다. 이렇듯 어린 자식들을 두고 홀로 저승으로 떠날 것을 생각하니 가슴이 찢어질 듯했다.

장씨는 나지막한 목소리로 배 좌수에게 말을 건넸다.

"아무래도 저는 전생에 죄가 많아 오래 살지 못할 것 같습니다. 죽는 것은 서럽지 않으나 장화와 홍련이를 돌볼 사람이 없으니 땅

속에서도 눈을 감지 못할 것 같네요. 슬프고 한스럽습니다. 낭군께서는 다시 아내를 얻어 사실 텐데 그때 마음이 변할까 봐 무섭고 두렵습니다. 부디 옛정을 생각하시어 장화와 홍련이를 잘 돌봐 주십시오. 저의 유언을 저버리지 마시고, 어미 없는 두 딸을 불쌍히 여기셔서 다 자라날 때까지 지켜봐 주십시오. 그리하여 나중에 딸들을 좋은 사람과 짝지어 주신다면 저승에서라도 은혜를 잊지 않겠나이다."

장씨는 힘겹게 말을 마치고 마침내 숨을 거두었다.

"어머니! 어머니! 저희를 두고 떠나시면 안 돼요! 어머니!"

장화와 홍련은 숨이 끊어진 어머니의 몸을 붙들고 몸부림치며 울었다. 차마 눈을 뜨고 볼 수 없어 배 좌수가 아이들을 떼어 놓으니, 장화와 홍련은 서로 부둥켜안고 서럽게 통곡하였다. 그 모습을 보면 제아무리 무쇠 같은 사람의 심장이라도 녹아내리지 않을 수 없었다.

예를 갖춰 장례를 마친 뒤, 배 좌수는 장씨를 선산 양지바른 곳에 장사 지냈다. 장화와 홍련은 삼 년 동안 아침저녁으로 상을 차려서 어머니의 무덤을 찾았다.

세월은 물처럼 빠르게 흘러 어느덧 삼 년이 지났다. 시간이 흐를수록 어머니를 향한 장화와 홍련의 그리움은 더욱 깊어졌다.

아내 장씨가 죽은 뒤, 배 좌수는 아내의 유언을 마음에 새겨 장화와 홍련을 지극정성으로 돌보며 살았다. 하지만 배 좌수는 아직 젊고, 아들을 낳아 가문의 대를 이어야 했다.

결국 중매쟁이를 시켜 혼인 자리를 알아볼 수밖에 없었다. 인근 각지에서 혼인할 여인을 구했지만 원하는 여인들이 없었다. 계모 자리를 마땅하게 생각하지 않았기 때문이다. 겨우겨우 어찌어찌 구한 여인이 바로 허씨였다.

허씨는 장씨와 비교할 수조차 없이 못난 여인이었다. 우선 외모부터가 모자랐다.

두 볼은 한 자가 넘고 눈은 퉁방울 같고 코는 질흙으로 만든 병 같고 입은 메기입처럼 늘어졌고 머리털은 돼지털 같고 키는 장승만 하고 소리는 이리 소리 같고 허리는 두 아름이나 되는데 팔이 꼬부라진 데다 쌍언청이를 겸하였고, 주둥이를 썰어 내면 열 사발은 되겠고 얼굴이 얽은 것은 콩멍석 같으니, 그 생김새를 차마 바로 보기가 어려웠다. 마음씨는 더욱 고약해서 못할 노릇은 골라 가며 하니 집에 두기가 난감할 지경이었다.

그런데 아들 낳는 재주는 있는지 집에 들어온 지 얼마 안 되어 태기를 느끼고 연달아 아들 삼 형제를 낳았다. 허씨는 큰일을 한 듯이 기고만장하였다. 어쨌든 아들을 셋이나 낳았으니 배 좌수는 허씨를 함부로 대할 수 없었다. 그렇다고 허씨와 가깝게 지내지도 않았다. 배 좌수는 늘 죽은 장씨를 그리워하였다. 바깥일을 하고 돌아오면 먼저 두 딸을 찾아 손을 맞잡고 눈물을 흘렸다.

"장화야, 홍련아, 너희들이 깊은 방 안에 우두커니 앉아서 어미를 그리워하는 것을 내 어찌 모르겠느냐. 늙은 아비 마음이 아프기만 하구나."

장화와 홍련은 눈물만 뚝뚝 흘릴 뿐이었다.

배 좌수가 장화와 홍련을 가련하게 여기는 마음이 깊을수록 허씨의 시기심도 커져만 갔다. 자기가 낳은 아들보다 죽은 장씨의 자식들을 더 아끼는 것 같아 조바심이 났다. 장화와 홍련이 나이를 먹을수록 더 예뻐지는 것도 불안했다. 배 좌수가 장화와 홍련을 보면서 죽은 장씨 부인을 그리워할까 봐 질투가 깊어졌기 때문이다. 허씨는 장화와 홍련을 어떻게 헐뜯을지 궁리하기 바빴다.

"장화가 얼마나 못됐는지 아세요? 홍련이도 똑같아요. 겉으로는 착한 척하지만 실제로는 아주 영악하답니다."

"그게 무슨 말이오? 장화와 홍련이는 어미를 잃은 불쌍한 아이들이오. 잘 돌보기는커녕 험담을 하다니요. 그리고 똑똑히 들으시오. 우리 집안이 처음부터 이렇게 풍족했던 것은 아니었소. 장화와 홍련의 어미가 재물이 많았기에 우리가 넉넉하게 살 수 있는 것이오. 그대가 먹고 입는 것도 다 전처의 덕이나 다름없소. 그 은혜를 생각하며 고마워하지는 못할망정 저 어린것들을 괄시하고 미워하다니! 이게 무슨 도리요? 다시는 그러지 마시오."

배 좌수는 허씨를 단호하게 꾸짖었지만, 승냥이 같은 허씨가 반성할 리 없었다. 허씨는 더욱 심성이 사나워져 밤낮으로 장화와 홍련을 죽일 생각뿐이었다.

하루는 배 좌수가 뜰을 거닐다가 딸들 방에 앉아 살펴보니, 장화와 홍련이 서로 손을 붙잡고 슬픔을 이기지 못하여 흐느껴 울고 있었다.

'죽은 어머니를 그리워하며 슬퍼하는구나!'

배 좌수는 방으로 들어가 장화와 홍련을 앉혀 놓고 말했다.

"너희 어머니가 살아 있었다면 오죽이나 좋았겠느냐. 그러나 허씨처럼 못된 계모를 만나 구박을 받으니,
너희들의 슬픔이 얼마나 깊을지

보지 않아도 알겠다. 내가 조치를 취하여 앞으로는 그런 일이 없게 하겠다."

배 좌수와 두 딸은 서로 부둥켜안고 눈물을 흘렸다. 흉하기 이를 데 없는 허씨는 창틈으로 모든 광경을 지켜보고 있었다.

'조치를 취하겠다니? 무엇을? 어떻게? 전처 자식만 자식인가? 어디 두고 보자. 내 이것들을 반드시 없애 버리고 말리라.'

•

"언니! 우리는 한 번도 떨어진 적이 없었는데,

오늘은 어째서 나를 버리고 가는 거예요?"

"홍련아, 내 잠시 다녀오는 것이란다. 그러니 울지 말고……."

주위 종들도 그 모습을 보고 함께 슬퍼하며 눈물을 흘렸다.

•

홍련을
지켜 주시옵소서!

"장쇠야! 장쇠야! 어디 있느냐? 이리 좀 오너라."

허씨는 쇠를 긁는 듯한 날카로운 목소리로 큰아들 장쇠를 불러 세웠다.

"무슨 일이에요, 피곤해서 낮잠이나 잘까 했는데."

"이놈아, 너는 어째 만날 그 모양이냐. 정신 좀 차려라."

"아니, 자려는 사람 붙잡고서 왜 또 혼쭐이요."

"잘 들어라. 네 누이들이 이제 나이가 차서 얼마 안 있으면 출가할 게 틀림없지 않느냐. 그럼 어떻게 되겠느냐. 딸들한테 죽고 못 사는 네 아버지가 큰 재물을 안겨서 보낼 게 아니냐? 그 전에 우리가 무슨 수라도 써야 한단 말이다."

"그럼 어떻게 할까요?"

"잔말 말고 광에 가서 쥐 한 마리만 잡아 오너라!"

장쇠는 광에서 한참 소란을 피운 끝에 토실토실하게 살이 오른 쥐 한 마리를 잡아 들고 나왔다.

"이걸 대체 어쩌시려우?"

허씨는 장쇠가 잡아 온 쥐를 낚아채더니 단숨에 목을 비틀어 죽였다. 그러고는 끓는 물에 담갔다 꺼낸 뒤 털을 뽑고 껍질을 벗기고 나서, 피를 내어 발랐다.

"자, 어떠냐? 쥐처럼 보이냐?"

"아뇨. 그냥 핏덩이처럼 보이는데요."

"그럼 됐다."

허씨는 쥐를 숨겨서 장화의 방으로 들어갔다. 장화와 홍련은 허씨의 흉계를 조금도 눈치채지 못한 채 곤히 잠들어 있었다. 허씨는 죽은 쥐를 장화의 이불 밑에 슬며시 밀어 넣었다.

그날 배 좌수는 외출을 했다가 늦은 밤이 되어서야 돌아왔다. 허씨는 배 좌수를 보고 정색을 하며 혀를 끌끌 찼다.

"왜 그리시오? 나 없는 사이 무슨 일이라도 생겼소?"

배 좌수는 허씨의 태도를 이상하게 여겨 까닭을 물었다.

"별일은 별일이지요. 그게 말이지요……. 에구, 아닙니다. 낭군께서는 모르시는 게 낫지요. 아이고, 동네 창피해서 어떻게 얼굴을 들고 다녀야 하나."

"대체 무슨 일이오? 어서 바른 대로 말을 하시오."

"집안에 흉측한 일이 생겼지만 말을 해 봐야 아무도 믿지 않겠지요. 낭군께서는 제가 꾸민 일이라고 생각하실 게 아닙니까. 그래서 말을 하기가 망설여진답니다. 낭군은 장화와 홍련이를 오로지 사랑할 줄만 아시고, 아이들이 나쁜 짓을 하는지는 모르시지요. 결국 이런 흉측한 일이 벌어지고야 말았소이다!"

"흉측한 일이라니?"

"얼마 전부터 큰딸 장화가 미심쩍게 굴어서 조심스럽게 살폈지요. 그런데 오늘은 장화가 늦도록 일어나지 않기에 몸이 불편한가 하고 방에 들어가 보니, 해괴하고 망측한 일이 벌어졌더군요. 세상에! 죽은 아이를 낳고 누워 있는 게 아니겠어요? 얼마나 놀랐는지 기절할 뻔했답니다. 장화도 저를 보고 놀라더니 다시 까무러쳤답니다. 시집도 안 간 처녀가 아이를 낳다니, 장차 이 일을 어찌하면 좋단 말인가요?"

"서, 설마, 장화가?"

"지금은 장화와 저만 알고 있지만, 이 일이 소문이라도 나면 어찌하나요? 우리 집안은 망할 것이 틀림없습니다. 명색이 양반 가문인데 이제 어떻게 얼굴을 들고 다니겠습니까? 혀를 깨물고 죽거나 아무도 모르게 밤중에 도망치는 수밖에요. 그래서 이렇듯 저 혼자

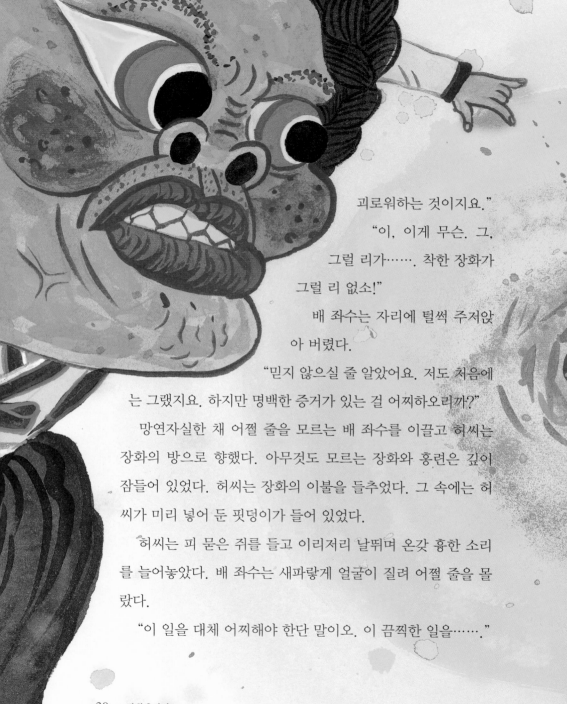

괴로워하는 것이지요."

"이, 이게 무슨. 그,
그럴 리가……. 착한 장화가
그럴 리 없소!"

배 좌수는 자리에 털썩 주저앉
아 버렸다.

"믿지 않으실 줄 알았어요. 저도 처음에
는 그랬지요. 하지만 명백한 증거가 있는 걸 어찌하오리까?"

망연자실한 채 어쩔 줄을 모르는 배 좌수를 이끌고 허씨는
장화의 방으로 향했다. 아무것도 모르는 장화와 홍련은 깊이
잠들어 있었다. 허씨는 장화의 이불을 들추었다. 그 속에는 허
씨가 미리 넣어 둔 핏덩이가 들어 있었다.

허씨는 피 묻은 쥐를 들고 이리저리 날뛰며 온갖 흉한 소리
를 늘어놓았다. 배 좌수는 새파랗게 얼굴이 질려 어쩔 줄을 몰
랐다.

"이 일을 대체 어찌해야 한단 말이오. 이 끔찍한 일을……."

배 좌수는 넋 나간 사람처럼 똑같은 말만 되풀이했다. 흉악한 허씨는 이 틈을 놓치지 않았다.

"양반 댁 규수가 결혼도 하기 전에 애부터 낳았으니, 스스로 목숨을 끊는 게 집안을 지키는 일이겠지요. 하지만 장화가 죽는다고 해도 세상 사람들은 못된 계모가 전처의 자식을 모함하여 죽였다고 손가락질할 것입니다. 남들이 이 일을 알면 부끄러워 견딜 수 없을 것 같으니, 차라리 제가 먼저 죽는 것이 나을까 합니다."

허씨는 치마끈을 풀어 대들보에 매달고 목을 걸어 거짓으로 죽는 시늉을 했다. 그러자 미련한 배 좌수가 급히 달려들어 붙들고 빌었다.

"이게 무슨 짓이오? 그대가 왜 죽는단 말이오? 죄가 있다면 장화에게 있지, 당신이 대체 무슨 죄란 말이오?"

배 좌수는 자기가 속는 줄도 모르고 허씨를 말렸다.

'옳지! 이제 내 소원을 이룰 때가 왔다!'

허씨는 속으로는 기뻐하면서도 겉으로는 크게 한숨을 쉬며 말했다.

"제가 죽어서 모든 일을 잊고자 했는데, 낭군께서 이토록 말리시니 어쩌겠습니까. 하는 수 없이 참아야지요. 하지만 저 아이를 그대로 두면

앞으로 가문에 큰 화가 미칠 것이니, 남들이 알기 전에 미리 처치하여 이 일이 탄로 나지 않게 하소서."

배 좌수는 두 딸을 잘 돌봐 달라는 죽은 아내의 유언을 떠올리며 괴로워하면서도 한편으로는 몸가짐을 함부로 한 장화에게 크게 실망했다.

"그럼 어떻게 하는 게 좋겠소? 장화더러 스스로 목숨을 끊으라고 하면 되겠소?"

"장화가 쉽게 그 말을 따르겠어요? 그러지 말고 장화를 불러서 장쇠랑 같이 외삼촌 댁에 다녀오라고 합시다. 그러다가 장쇠를 시켜 한적한 연못에서 장화의 등을 떠밀어 죽이는 게 상책이지 않을까요?"

"뒤탈이 없으려면……. 어쩔 수 없지."

배 좌수는 허씨의 교활한 꼬임에 그만 정신을 빼앗기고 말았다. 기어코 허씨의 꼬임에 걸려들어 장쇠를 불러 놓고 장화를 죽이라는 명령을 내렸다.

이때 장화는 밤늦도록 죽은 어머니를 생각하며 슬픈 마음을 가누지 못하다가, 깊은 잠에 빠져 있었다.

"어머니, 저희를 두고 가지 마세요. 어머니! 어머니!"

어머니 장씨가 장화의 꿈에 나타나 장화와 홍련을 안타까운 표

정으로 바라보고 있었다.

'이상한 꿈이다. 어머니 표정이 왜 그렇게 어두울까.'

장화는 울적해져서 다시 잠을 이루지 못하고 눈물을 흘렸다. 계모가 꾸민 흉악한 음모는 꿈에도 몰랐다.

그때 갑자기 하인이 달려와 배 좌수가 찾는다는 말을 급히 전하고 갔다.

'이렇게 야심한 밤중에 무슨 일이실까?'

장화는 아버지의 부름에 급히 달려갔다.

배 좌수는 장화에게 눈길 한 번 주지 않은 채 싸늘하게 말했다.

"어서 네 외삼촌 댁에 다녀오너라. 장쇠가 밖에서 말을 준비할 것이다."

"네? 갑자기 무슨 일이시지요?"

"묻지 마라. 그럴 일이 있다. 외삼촌 댁이 여기서 멀지 않으니 잠시 다녀오면 된다."

장화는 지금까지 한 번도 외삼촌 댁에 가 본 적이 없었다. 그런데 한밤중에 이렇게 급히 길을 나서라니 아무리 생각해 보아도 이상했다.

"소녀는 어미를 여읜 뒤로 문밖출입을 하지 않았습니다. 그런데 어찌 이런 밤중에 길을 나서라 하시는지요?"

배 좌수는 화를 버럭 내며 꾸짖었다.

"무슨 잔말이 그리 많으냐? 어서 다녀와라."

아버지의 분부대로 할 수밖에 없었다. 장화는 흐느끼며 말했다.

"아버지께서 죽으라 한들 어찌 거역하겠습니까? 다만 밤이 깊어서 길을 나서기 어려운 사정을 말씀드렸을 따름이옵니다. 아버지 말씀을 따르겠사오나 날이 밝거든 가게 해 주소서!"

배 좌수도 자식이 가엽고 슬퍼서 망설였다. 배 좌수가 머뭇거리는 사이 흉악한 허씨가 문밖에서 엿듣다가 문을 발로 차고 들어와서는 소리를 질렀다.

"명을 순순히 따를 것이지 무슨 말이 그렇게 많은 게야? 썩 물러가지 못할까?"

허씨까지 나서서 야단을 치자 장화는 더 이상 어쩔 도리가 없었다. 서러운 마음에 눈물이 그칠 줄을 몰랐다.

"말씀을 따르겠사옵니다."

장화는 다시 방으로 돌아와 아직 자고 있는 홍련을 깨워 끌어안고 눈물을 흘리며 말했다.

"홍련아, 언니가 외삼촌 댁에 다녀올 일이 생겼단다."

"갑자기 외삼촌 댁에는 왜요?"

"나도 잘 모른다. 아버지께서 가라 하시니 가는 거지. 나도 영문을 모르겠다만 지금 떠나야 할 것 같구나."

"아니, 이 밤중에요?"

"아버지 명령이니 따라야겠지. 그런데 자꾸 불길한 생각이 드는 구나. 어머니께서 돌아가시고 너와 나는 한 번도 떨어지지 않고 서로 의지하며 지냈는데, 이렇게 갑자기 헤어지다니 놀랍고 두렵구나. 너 혼자 빈방에 두고 가려니 가슴이 터지고 간장이 타들어 가는 것만 같다. 아무쪼록 잘 있거라. 별일 없으면 곧바로 돌아올 것이니 너무 걱정 마라. 떨어져 있을 때도 서로를 생각할 수 있게 옷이나 바꿔 입자꾸나."

장화는 한바탕 눈물 바람을 하고 나서 길을 떠날 준비를 했다.

"나 없는 동안 아버지와 어머니를 잘 섬기렴. 너를 두고 떠나는 내 마음이 견딜 수 없이 아프지만 참아야지. 부디 슬퍼하지 말고 잘 지내렴."

장화는 차마 자리를 뜨지 못한 채 홍련의 손을 붙잡았다. 홍련의 가슴도 미어지는 것 같았다. 홍련은 떠나려는 언니 손을 붙잡고 크게 소리 내어 엉엉 울었다.

이때 허씨가 문을 열고 들어와 승냥이 같은 소리를 내질렀다.

"어찌 이렇게 요란하게 구느냐?"

그러면서 장쇠를 보챘다.

"네 누이를 데리고 어서 떠나라 하였는데 왜 아직 여기 있느냐? 서둘러라, 어서!"

돼지 같은 장쇠가 염라대왕의 분부라도 받은 것처럼 어깨춤을 추며 마루 위로 달려 나왔다.

"누님! 누님! 어서 나와요. 누님 때문에 공연히 나만 꾸지람을 들으니 억울해 죽겠소!"

장화는 어쩔 수 없이 홍련의 손을 떨치고 일어섰다. 그때 홍련이 장화의 치마를 잡고 오열했다.

"언니! 우리는 한 번도 떨어진 적이 없었는데, 오늘은 어째서 나를 버리고 가는 거예요?"

쓰러지는 홍련을 보며 장화는 심장이 갈가리 찢어지는 아픔을 느꼈다.

"홍련아, 내 잠시 다녀오는 것이란다. 그러니 울지 말고……."

주위 종들도 그 모습을 보고 함께 슬퍼하며 눈물을 흘렸다. 홍련이 언니의 치마를 잡고 놓지 않자, 허씨가 달려들어 홍련의 손을 거칠게 뿌리쳤다.

"네 언니가 외가에 가지 죽으러 가느냐? 요란스럽게 굴지 말고 썩 비켜라!"

허씨의 호통에 홍련은 맥없이 물러섰다. 허씨는 장쇠에게 넌지시 눈짓을 주었다. 장쇠는 그 뜻을 알아차리고 더욱 서둘렀다. 장화는 마지못해 홍련과 이별하고 아버지께 인사한 뒤 말에 올랐다. 장화의 발걸음마다 눈물과 통곡이 흩뿌려졌다.

•

"홍련아! 불쌍한 내 동생아! 나 이제 죽는구나!

너를 두고 죽는 내 속이 굽이굽이 다 녹는구나!

홍련아! 잘 살아라! 홍련아!"

•

장화의 **억울함**을

살펴 주소서

　장쇠는 말을 급히 몰았다. 밤길이 어두워서 횃불 하나에 의지하며 겨우 길을 헤쳐 나갈 수 있었다. 이윽고 깊은 산골짜기, 초목이 무성하고 소나무, 잣나무가 우거져 인적이 드문 곳에 이르렀다. 달빛은 휘영청 밝고 두견새 소리가 사람의 간장을 끊어 놓을 듯이 구슬프게 들려왔다.

　'대체 여기는 어디일까? 외삼촌 댁 가는 길은 맞을까?'

　장화가 말 위에서 굽어보니 소나무 숲 가운데 큰 연못이 있었다. 연못은 한없이 넓고 그 깊이를 짐작할 수 없을 만큼 깊었다. 철렁거리는 연못의 물소리가 처량하게 들려왔다. 그 소리를 듣기만 해도 아찔해졌다.

"어서 내리시오!"

"여, 여기서 내리라니?"

장쇠는 음흉하고 심술궂은 목소리로 소리쳤다.

"거참, 외가에 가라고 한 게 설마 진짜인 줄 알았소?"

"그럼 지금 우리는 어디를 가고 있단 말이냐?"

"들어 보시오. 그대가 평소 그릇된 일을 자주 했어도 착한 어머니께서 이제껏 모른 체해 왔소. 그런데 처녀의 몸으로 낙태를 하다니 이게 웬 말이오? 그러고도 무사할 줄 알았소? 아무리 인정 많으신 어머니라도 이 일을 그냥 넘길 수는 없는 법! 어른들께서 나에게 누이를 남몰래 이 연못에 빠뜨리고 오라 하셨소. 부끄러운 줄 알거든 어서 물에 뛰어드시오!"

"뭐라고? 내, 내가 낙태를 했다고? 아버지께서 나를 연못에 빠뜨리라고 하셨다고?"

장화는 넋을 잃고 정신이 아득해졌다.

"하늘도 야속하구려. 이게 대체 어떻게 된 일이란 말이오? 어찌하여 나에게 누명을 씌워 이 깊은 연못에 빠져 죽어 속절없이 원혼이 되게 하십니까? 하늘이여, 제발 굽어살피소서. 저는 좀처럼 문 밖 일을 모르고 살았습니다! 그런데 이런 누명을 얻으니, 전생에 지은 죄가 그렇게 무거웠단 말이오? 어머니! 왜 저를 간악한 사람의 술수로 죽도록 내버려 두시나요? 죽는 것은 서럽지 않지만 원

통한 이 누명은 어느 때나 풀어낼까요? 또한 외로운 제 동생은 어찌하오리까? 어머니!"

장화는 통곡을 하다가 몸을 가누지 못하고 쓰러졌다. 그 모습은 나무토막이나 돌멩이도 서러워할 만큼 처절하였지만 무정한 장쇠는 눈 깜짝하지 않고 죽음을 재촉할 뿐이었다.

"어차피 죽을 인생, 발악한들 아무 소용이 없으니 어서 빨리 물에 뛰어들라, 어서!"

장화는 겨우 정신을 차리고 울부짖었다.

"장쇠야! 내 처지를 들어 봐라. 우리가 비록 어머니는 다르지만 같은 아버지를 둔 형제가 아니냐. 나는 너를 동생으로 생각하며 늘 보살폈단다. 그러니 옛정을 생각해서 내 부탁 하나만 들어주렴. 곧 죽을 누이를 불쌍히 여겨 잠시만이라도 시간을 다오. 그러면 죽은 어머니의 묘에 가서 하직 인사도 드리고, 외삼촌 댁에 들러 혼자 남을 외로운 홍련이를 부탁하고 싶구나. 결코 나 살자고 억지를 부리는 게 아니란다. 내가 살게 되면 아버지 명을 거스르는 게 될 테고, 이번에 살았다 한들 계모가 무슨 죄라도 씌워서 날 죽이겠지. 나는 이미 죽을 각오는 되어 있단다. 제발 잠시라도 시간을 다오."

장화는 무릎을 꿇고 애절하게 빌었다. 하지만 목석같은 장쇠는 누이를 불쌍히 여기기는커녕 어서 빠져 죽기를 재촉했다.

장화는 헤어날 수 없는 슬픔에 빠져 하늘을 우러러 통곡했다.

"하늘이시여! 저의 억울한 사정을 꼭 살펴 주소서. 소녀 얄궂은 운명으로 일곱 살에 어머니를 여의고 형제끼리 서로 의지하며 살아왔습니다. 서쪽으로 지는 해와 동쪽 하늘에 뜨는 달을 볼 때면 마음이 슬퍼지고, 뒤뜰에 피는 꽃과 섬돌에 나는 풀을 볼 때면 슬픈 마음이 들어 눈물이 비 오듯 했습니다. 새로 들어온 계모는 성품이 괴팍하여 우리 자매를 몹시 구박했지요. 서럽고 슬펐지만 낮이면 아버지를 따르고 밤이면 죽은 어머니를 생각하며 지내 왔습니다. 하지만 흉악한 계모의 손아귀에서 벗어나지 못해 결국 물에 빠져 죽을 지경에 이르렀으니, 이 억울한 심정을 헤아려 주소서. 하늘이시여! 부디 하늘과 땅과 해와 달과 별의 힘으로 저의 억울함을 반드시 바로잡아 주소서. 동생 홍련이를 불쌍히 여기시어 나 같은 원귀가 되지 않도록 살펴 주소서!"

장화는 장쇠에게 마지막 부탁을 남겼다.

"장쇠야. 홀로 남은 홍련이를 불쌍히 여겨 보살펴 주어라. 너도 부모를 섬기고 효도하도록 해라."

"곧 죽을 사람이 말도 참 많소."

장쇠는 장화의 말에 콧방귀를 뀌었다.

장화는 신발을 가지런히 벗어 놓고 바위에 올라 붉은 치마를 감싸 쥐었다. 발밑으로 검은 물결이 출렁거리고 있었다.

죽음이 무서웠다. 장화는 자기도 몰래 발을 동동 굴렀고 입안이

바짝바짝 말라 왔다. 뼛속까지 파고드는 두려움 때문에 정신을 잃을 듯했다. 마침내 미친 듯이 울부짖으며 소리쳤다.

"홍련아! 불쌍한 내 동생아! 나 이제 죽는구나! 적막하고 깊은 방 속에 너 홀로 남았으니 대체 누굴 의지한단 말이냐! 너를 두고 죽는 내 속이 굽이굽이 다 녹는구나! 홍련아! 잘 살아라! 홍련아!"

마침내 장화는 홍련의 이름을 부르며 시커먼 물로 뛰어들었다. 붉은 치마를 뒤집어쓰고 나는 듯이 뛰어들었더니, 물결이 하늘에 닿을 듯이 솟구쳤다. 그런데 고요하던 숲속에 갑자기 스산한 기운이 느껴졌다. 찬바람이 일어나고 달빛이 흐려졌다.

"이, 이게 뭔 일이야."

장쇠가 비명을 지르며 뒤로 물러섰다.

그때였다. 숲속에서 커다란 호랑이가 나타나 큰 눈으로 장쇠를 노려보며 호통을 쳤다.

"네 이놈! 네놈과 네 어미가 아무 죄 없는 자식을 억울하게 누명 씌워 죽였구나. 어찌 하늘이 가만히 있겠느냐!"

호랑이는 도망치는 장쇠에게 달려들어 두 귀와 팔 하나, 다리 하나를 떼어 물고 온데간데없이 사라졌다. 장쇠는 피투성이가 되어 기절하여 땅에 고꾸라졌다. 장화가 탔던 말은 크게 놀라 집으로 돌아가 버렸다.

홍련은 아버지께 쓴 편지를 벽에 붙이고 감정이 북받치는 듯 흐느꼈다.

"가련하구나. 내 신세가. 이제 다시는 돌아올 수 없겠지."

그렇게 슬피 울며 파랑새를 따라나섰다.

언니 없이
혼자 살 수 없어요

밤이 깊도록 아무도 집에 돌아오지 않았다. 허씨는 일이 잘못되었을까 봐 발을 동동 굴렀다. 그때 장화가 타고 갔던 말이 소리를 지르며 달려왔다. 말은 온몸에 땀을 흘리고 있었다.

'옳거니. 일이 잘되었구나. 눈엣가시 같던 장화가 드디어 없어졌구나!'

그런데 이상한 일이었다. 말 위에는 아무도 없었다.

"이게 어떻게 된 일이야! 장쇠는 어디 가고 말만 돌아오다니!"

허씨는 크게 놀라 하인을 불렀다.

"여봐라! 어서 말이 돌아온 자취를 따라가 보아라."

하인들은 횃불을 밝히고 장쇠가 갔던 길을 되짚어 갔다.

한참 동안 산과 골짜기를 헤맬 때였다. 골짜기 연못가에서 사람 소리가 희미하게 들려왔다. 달려가 보니 장쇠였다. 한쪽 팔과 한쪽 다리, 두 귀를 잃고 피투성이가 된 채로 신음하고 있었다.

"아이고, 사람이 어째 이렇게 끔찍하게 되었어!"

"여기 이빨 자국 좀 보게. 호랑이가 틀림없네그려."

하인들은 피투성이가 된 장쇠를 들쳐 업었다. 그 누구도 연못에서 일어난 비극적인 일을 눈치채지 못했다. 그때 갑자기 연못가를 맴돌던 찬바람이 사람들 쪽으로 불어오더니 향긋한 꽃향기가 진동했다.

"장화 아씨는 어찌 됐을까? 장쇠 도련님이 이 정도니 아씨가 무사하실지 걱정이야."

하인들은 피투성이가 된 장쇠를 구해 집으로 돌아갔다. 허씨는 깜짝 놀라 비명을 지르며 허둥지둥했다.

장쇠는 이튿날이 되어서야 겨우 정신을 차렸다.

"아니, 대체 어쩌다 이렇게 된 게야?"

"호랑이라우. 장화가 물에 뛰어드니 갑자기 호랑이가 나타나서……."

"뭣이라? 호랑이? 장화 고년은 끝까지 요망하여 화를 불러왔구나. 안 되겠다. 장화만 없애면 될 줄 알았는데, 홍련이도 그냥 둬서는 안 되겠다."

허씨는 잘못을 반성하기는커녕 오히려 홍련까지 죽이려고 마음을 먹는 것이었다. 하지만 배 좌수의 생각은 달랐다. 장쇠가 호랑이에게 당한 것을 보니 어쩌면 장화가 억울하게 죽은 것은 아닌지 때늦은 후회가 일었다.

'하늘이 노하신 것이다. 내가 애꿎은 장화를 죽게 한 것은 아닐까.'

아무것도 모르는 홍련은 집안이 소란스러운 것을 보고 이상하게 여겨 허씨에게 물었다. 허씨는 퉁명스럽게 대꾸했다.

"장쇠가 요괴 같은 네 언니를 데리고 가다가 길에서 호랑이한테 물렸다."

"네? 그, 그럼 언니는요?"

"저 꼴을 보고도 모르겠느냐? 네 언니가 불길하니 이런 일이 생기는 거다. 요사스러운 것 같으니."

허씨의 말에 홍련은 가슴이 터지는 듯하여 정신이 하나도 없었다. 홍련은 몸을 덜덜 떨며 자기 방으로 돌아왔다. 그리고 언니를 부르며 통곡하다가 정신을 잃고 쓰러졌다.

한참이 지난 뒤, 꿈인지 생시인지 모르는 사이에 장화가 물속에서 황룡을 타고 북쪽으로 날아가고 있었다.

"언니! 언니! 장화 언니!"

홍련은 반가워하며 언니를 불렀지만 장화는 눈길도 주지 않았다.

"아이고, 우리 언니는 나를 본 체도 아니하고 혼자 어디로 가시나요?"

그제야 장화가 고개를 돌렸다. 장화는 눈물을 흘리고 있었다.

"홍련아, 나는 너와 갈 길이 다르구나. 나는 옥황상제의 명을 받아 삼신산*으로 약초를 캐러 가는 길이다. 길이 바빠서 정을 나눌 시간이 없으니 안타깝구나. 그렇다고 내가 너를 잊었다고 생각하진 마라. 언젠가 너를 데리러 오마."

갑자기 장화가 탄 용이 큰 소리를 질렀고, 홍련은 깜짝 놀라 꿈에서 깨어났다. 식은땀이 흐르고 주위가 서늘하게 느껴졌다.

'꿈이었구나. 장화 언니한테 무슨 일이 생긴 게 틀림없어!'

홍련은 곧장 아버지에게 달려갔다.

"아버지, 제가 방금 꿈을 꾸었어요. 무엇을 잃은 듯이 허전하고 슬픈 마음이 드는 꿈이었답니다. 아마도 언니에게 무슨 변괴가 생긴 것 같아요."

홍련은 배 좌수에게 꿈 이야기를 하며 울먹였다. 배 좌수는 숨통이 막혀 아무 말도 하지 못한 채 눈물만 흘렸다. 그러자 곁에 있던 허씨가 왈칵 성을 냈다.

"계집아이가 쓸데없이 입을 함부로 놀려서 아버지의 마음을 혼

* **삼신산** 중국 전설에 나오는 봉래산, 방장산, 영주산을 통틀어 이르는 말.

란스럽게 하는구나! 썩 물러가지 못할까?"

허씨는 홍련의 등을 떠밀어 쫓았다. 홍련은 울면서 쫓겨 나오며 생각했다.

'이상하다. 왜 계모는 저렇게 얼굴빛을 바꾸며 구박을 하는가? 뭔가 말하지 못한 사연이 있구나.'

홍련은 수상한 일이 벌어지고 있음을 눈치챘지만, 그게 무엇인지는 알 수 없었다.

며칠 뒤, 계모가 잠시 집을 비운 날이 있었다. 홍련은 그 틈을 타 장쇠를 불렀다. 그리고는 살살 달래며 장화에게 무슨 일이 있었는지 물었다. 생각이 없는 장쇠는 그날의 일들을 아무렇지도 않게 늘어놓았다.

"뭐, 뭐라고? 그, 그게 사실이냐?"

홍련은 귀가 먹먹해지고 눈앞이 캄캄해지면서 정신이 아득해져 그만 기절을 하고 말았다. 세상에서 가장 소중한 언니가 억울한 누명을 쓰고 죽었다니 원통하고 분했다. 홍련은 눈물을 흘리며 울부짖었다.

"가련한 언니! 불쌍한 우리 언니! 세상 사람들 제명에 죽어도 늘 부족하다고 여기는데 참혹하구나, 우리 언니. 이팔청춘 꽃다운 시절에 망측한 누명을 쓰고 연못에 빠져 원혼이 되었네. 아아, 뼈에 새긴 이 원한을 어찌하여 풀어 볼까? 언니는 가련한 이 동생을 적막하고 쓸쓸한 방에 외로이 남겨 두고 어디 가서 아니 오시는가? 하늘이시여, 소녀 세 살 때 어미를 여의고 언니와 더불어 의지하여 세월을 보냈나이다. 그런데 외로운 몸이 전생에 죄가 많아서 이런 변을 또 당하니 앞으로 어떻게 살아가겠습니까? 모진 목숨 외롭게 남았다가 언니처럼 더러운 욕을 볼까 두렵습니다. 세상천지 이런 법이 어디 있단 말입니까?"

홍련은 당장에 언니가 죽은 곳을 찾아가 보고 싶었지만 규중 여자의 몸이라 문밖 길을 알지도 못했다. 그리하여 밤낮으로 한탄하며 세월을 보냈다. 잠을 이루지도 못했고 제대로 먹을 수도 없었다.

그러던 어느 날, 파랑새 한 마리가 날아와 꽃이 활짝 핀 정원에서 오락가락하며 노닐었다. 홍련은 별 뜻 없이 파랑새를 쫓았다. 파랑새는 다시 날아갈 생각이 없는지 홍련의 주변을 맴돌았다.

'이상하다. 혹시 저 새가 나한테 무언가 이야기하려는 걸까? 파랑새가 나를 언니가 있는 곳에 데려다줄지도 몰라!'

그런데 홍련이 슬픈 마음을 진정하지 못하고 앉았다 일어났다 하는 사이에 파랑새는 온데간데없이 사라졌다. 홍련은 서운한 마음이 들어 자리에 주저앉았다.

다음 날에도, 그다음 날에도 홍련은 파랑새가 오기를 기다렸다. 하지만 다시는 나타나지 않았다. 홍련은 하루 종일 서럽게 울다가 결심했다.

'왜 새를 기다리는가. 내가 언니 있는 곳을 찾아가면 되지. 아버지께 편지를 써서 남겨 두고 떠나야겠다.'

홍련은 종이와 붓을 찾아 편지를 썼다.

슬픕니다.

어려서 어머니와 이별하고 자매가 서로 의지하여 세월을 보냈습니다. 그런데 천만뜻밖에 언니가 끔찍한 누명을 쓰고 죄 없이 죽어 마침내 원혼이 되었으니 어찌 슬프고 억울하지 않겠습니까? 저 홍련은 아버지 아래에서 십여 년을 살다가 오늘 이렇게 가련한 언니를 따라갑니다. 이후로는 아버지 모습을 다시 뵙지 못하여 목소리조차 들을 길이 없으니 눈물이 앞을 가리고 가슴이 미어집니다. 바라건대 아버지께서는 저를 생각 마시고 만수무강하소서.

편지를 다 쓰고 나니 오경*이 다 되었다. 달빛이 뜰에 가득하고 맑은 바람이 서쪽에서 불어왔다. 그때였다. 문득 파랑새가 날아와 복숭아나무에 앉으며 홍련을 보고 반가운 듯이 지저귀었다.

"파랑새야, 너는 우리 언니 있는 곳을 알고 있지? 내게 그곳을

---

* **오경** 하룻밤을 다섯 부분으로 나누었을 때 맨 마지막 부분. 새벽 세 시에서 다섯 시 사이.

알려 주려고 온 거지?"

파랑새는 마치 홍련의 말에 대답하는 것처럼 양 날개를 파드득 거렸다.

"그래, 내가 널 따라가리라."

파랑새는 홍련의 말을 알아듣는다는 듯이 고개를 까닥했다.

"잠깐 머물러 있어라. 함께 가자."

홍련은 아버지께 쓴 편지를 벽에 붙이고 감정이 북받치는 듯 흐느꼈다.

"가련하구나. 내 신세가. 이제 다시는 돌아올 수 없겠지."

그렇게 슬피 울며 파랑새를 따라나섰다.

몇 리 안 가서 동쪽 하늘이 밝아 왔다. 홍련은 발걸음을 재촉했다. 산은 깊어지고 커다란 소나무들이 울창한 곳에서 꾀꼬리가 구슬프게 울었다.

갑자기 파랑새가 연못가에서 날갯짓을 멈추었다. 홍련이 살펴보니 연못 위로 오색구름이 자욱한 가운데 슬픈 울음소리가 들려왔다.

"홍련아! 너는 무슨 죄로 천금 같은 목숨을 까닭 없이 함부로 버리려고 하느냐? 사람은 한번 죽으면 다시 살아나지 못한단다. 홍련아! 세상일은 알 수 없고 헤아리기 어렵단다. 그러니 죽을 생각은 하지 말고 어서 돌아가거라. 대신 부모님 봉양 극진히 하고, 좋은 사람 만나 아들딸 낳아 기르며 행복한 인생을 살렴."

홍련은 목소리의 주인공이 언니인 것을 알아채고 큰 소리로 대답했다.

"아니요. 그럴 수는 없어요. 언니! 언니는 무슨 죄가 있어서 나만 홀로 두고 이곳에서 외로이 지내는 건가요? 나는 언니를 버리고 혼자 가지 않을래요!"

연못에서 흐느끼는 소리가 더욱 크게 메아리쳤다. 홍련은 죽어서까지 동생의 행복을 비는 언니를 생각하니 더욱 서러워서 정신을 차리지 못하다가 겨우 진정하고 하늘을 향해 기도를 올렸다.

"비나이다, 비나이다! 얼음처럼 투명하고 옥처럼 맑은 우리 언니, 몹쓸 누명을 썼으니 하루빨리 원한을 씻게 해 주옵소서. 천지신명이시여, 언니를 따라 세상과 작별하는 홍련이의 억울하고 원통한 한을 부디 밝게 굽어살피옵소서."

"안 된다! 홍련아! 안 돼!"

홍련을 말리는 소리가 더욱 슬프게 울려 퍼지는 바로 그때, 홍련은 비단 치마를 움켜잡고 나는 듯이 물속으로 뛰어들었다.

곧 연못 가운데에서 흐느끼던 소리도, 물 위에 떠돌던 물거품도 천천히 사라졌다.

그 뒤로 물안개가 자욱한 날이면 연못 한가운데에서 여자의 울음소리가 들려오기 시작했다. 누군가는 그 안에서 억울한 사연을 읊조리는 희미한 목소리를 들은 적이 있다고 했다. 소문은 나무를 하러 오거나 목욕하러 온 사람들의 입을 타고 널리 퍼져 나갔다.

이제 사람들은 연못을 찾지 않았고, 연못 근처에는 잡초만 무성해졌다.

＊

"이제 하늘이 도우셔서 담대한 부사 어른을 만났으니,

부디 소녀의 영혼을 불쌍히 여기셔서 원한을 풀어 주시고

언니의 누명을 벗겨 주소서."

＊

저희의 **한**을
풀어 주시옵소서

그때부터 장화 자매의 한 맺힌 영혼은 이승을 떠돌아다녔다.

장화와 홍련은 누군가 그들의 원한을 씻어 주길 간절히 바랐다. 두 영혼은 그럴 만한 위치에 있는 사람을 찾았다. 바로 철산 부사였다.

그러나 한밤중 하얀 소복을 입고 머리를 풀어 헤친 여인을 보고 놀라지 않을 사람은 없었다. 갓 부임한 철산 부사들은 하나같이 한 맺힌 여인의 혼령을 보자마자 까무러쳐 죽고 말았다. 죽은 부사를 대신해서 또다시 유능한 관리를 보내 봐야 부임한 지 이튿날이면 죽어 나가니, 이제 부사로 오려는 사람도 없었다.

그리하여 철산 지방은 농사도 제대로 짓지 못하고 매번 흉년이 드는 지역이 되고 말았다. 사람들은 하나둘씩 철산을 떠났고, 고을에는 책임지는 관리가 없어서 도둑이 들끓었다. 남은 백성들은 절망에 빠져 한탄했다.

왕의 걱정도 이만저만이 아니었다. 그러나 철산으로 내려보낼 관리가 마땅치 않았다. 조정 관리들도 공공연히 귀신 이야기를 주고받는 판인데 선뜻 가겠다는 사람이 있을 리가 없었다.

"평안도 철산에서 귀신이 나타난다며?"

"그렇다네. 밤마다 하얀 소복을 입은 귀신이 부사 앞에 나타난다지. 부사들이 부임한 첫날 밤 하나같이 죽어 나간다는군."

"이제 누가 철산 부사로 가겠나? 나는 천금을 줘도 안 가겠네."

상황이 이러니 왕의 애만 탈 뿐이었다.

그러던 어느 날, 다행스럽게도 정동호라는 사람이 부사로 가겠다고 나섰다. 참으로 반가운 일이었다. 정동호는 성품이 강직하고 몸가짐이 정중한 사람이었다. 왕은 정동호를 직접 불러 분부를 내렸다.

"철산 지방에 해괴한 일이 생겨 백성의 원성이 높아 걱정이었소. 그런데 그대가 이렇게 스스로 나서 주니 정말 다행스럽고 아름다운 일이오. 부디 철산의 백성을 편안하게 보살피시오."

정동호는 바로 그날 철산으로 떠났다.

신임 부사 정동호는 철산 관아에 도착하자마자 이방을 불러서
물었다.

"여기서는 부사들이 부임된 이튿날 세상을 떠난다던데, 그 말이
사실이냐?"

"아뢰옵기 황송하오나, 근 오 년 동안은 부임하신 첫날 밤을 무
사히 보내지 못하고 돌아가셨습니다. 저희는 도무지 그 까닭을 모
르겠사옵니다."

부사는 한참 동안 생각하다가 분부를 내렸다.

"너희들은 밤이 되면 불을 끄되, 잠을 자지 말고 고요히 동헌의
사정을 살펴라."

그리고 부사는 방에 가서 차분한 마음으로 등을 밝히고 주역을
읽기 시작했다.

밤은 깊어 갔다. 사방은 고요했다. 올빼미 우는 소리만 간간이
들려올 뿐이었다.

그때 갑자기 찬바람이 일어나 소름이 오스스 돋았다. 분명히 방
문은 닫혀 있는데 어디선가 바람이 불어와 촛불마저 꺼져 버리고
푸르스름한 달빛만 흐를 뿐이었다. 부사는 정신이 아찔하고 두려
웠지만 마음을 다잡으려고 고개를 세차게 흔들었다.

그때 무언가 어둠 속에서 서서히 모습을 드러냈다. 부사는 가슴
이 철렁했지만 그럴수록 담대하게 눈을 부릅떴다.

"거기 누구냐? 사람이면 누군지 밝히고 귀신이면 썩 물러가라."

흐릿하던 귀신의 모습이 차차 분명해졌다. 푸른 저고리에 붉은 치마를 입은 아리따운 여인이었다.

"너, 너는 대체 누구냐? 왜 깊은 밤에 갑자기 나타나 요망한 짓을 하느냐?"

부사는 아무 말 않고 자리를 지키는 여인에게 용기를 내어 말을 건넸다.

"혹시 사연이 있는 것이냐? 하고 싶은 말이 있으면 해 보아라."

여인은 고개를 숙이며 말했다.

"나리, 그게 정말이지요? 드디어 제 원한을 풀어 줄 분을 만난 듯하옵니다."

여인의 목소리에는 애틋하고 간절한 심정이 담겨 있었다. 그제야 부사는 가까스로 두려운 마음을 가라앉힐 수 있었다. 여인은 몸을 일으켜 절을 한 뒤 말했다.

"저는 억울하고 원통한 일이 있어 이곳을 찾게 되었습니다."

"그래, 무슨 일이냐? 왜 저승에 가지 못하고 이승을 떠도느냐?"

"제가 죽어서 귀신이 된 것은 분하지 않습니다. 어차피 사람은 태어나 모두 죽는데 죽음이 서럽겠나이까? 하지만 더러운 누명을 쓴 것은 억울하여 견딜 수 없나이다. 저의 억울함을 아뢰고자 부끄러움을 무릅쓰고 부사님들을 찾았으나, 소녀의 모습이 귀신인지라 모두 저를 보자마자 돌아가시고 말았습니다.

이제 하늘이 도우셔서 담대한 부사 어른을 만났으니, 부디 소녀의 영혼을 불쌍히 여기셔서 원한을 풀어 주시고 언니의 누명을 벗겨 주소서."

부사는 침착한 태도로 말했다.

"알았다. 비록 왕께서 보낸 부사들을 죽게 한 죄는 크지만, 네 소원이 간절하니 사연을 들어 보마."

여인은 울먹이며 떨리는 목소리로 말을 이었다.

"저는 철산 고을에 사는 배 좌수의 둘째 딸 홍련이라 하옵니다. 언니 장화가 일곱 살, 제 나이 세 살 되던 해에 어머니가 돌아가셨지요. 그 뒤로 아버지는 후처를 얻었사옵니다. 후처는 연이어 아들을 셋이나 낳았고, 아버지는 후처를 믿고 따랐지요. 그러나 계모는 원체 성격이 사납고 시기심이 많은 사람입니다. 계모는 아버지를 등에 업고 우리 자매를 박대하기 시작했습니다. 우리 자매는 그런 와중에도 계모 섬기기를 소홀히 하지 않았으나, 계모의 질투와 시기는 날로 심해졌나이다.

계모는 탐욕스러웠습니다. 돌아가신 어머니 덕택에 우리 집은 노비가 수십 명이요, 논밭이 천여 석에 이르며, 금은보화가 수레 가득 실을 정도로 많았습니다. 계모는 저와 언니가 출가를 할 때 재물을 다 가져갈까 걱정이 되어서 우리를 눈엣가시처럼 여겼지요. 그리하여 우리의 재물을 빼앗으려고 밤낮으로 흉계를 꾸몄답니다. 마침내 우리를 죽이려고 마음을 먹었지요."

"그런 사연이 있었구나. 계모가 꾸몄다는 흉계가 어떤 것이냐?"

"말로 다할 수 없는 참혹한 계략입니다. 계모는 큰 쥐를 잡아다가 낙태한 아기의 형상을 만들어, 제 언니의 이불 안에 넣고 아버지를 속였습니다. 언니가 부정한 행실을 하고 다닌다고 속인 것이지요. 그러고는 언니를 외삼촌 댁에 보낸다면서 연못에 빠뜨려 죽였습니다. 우리의 죽음은 서럽지 않사오나, 더러운 누명만은 씻고 싶습니다. 담대하시고 명철하신 부사께서 부디 뼈에 사무친 저희들의 원한을 풀어 주시옵소서."

여인은 말을 마치고 자리에서 일어나 다시 절을 하더니 연기처럼 온데간데없이 사라졌다.

그제야 부사의 의문이 말끔히 풀렸다.

"그렇군. 애초에 이런 일이 있어서 철산 땅에 사람이 못 살게 되었던 것이로군."

"저희들의 원한은 어린아이라도 다 아는 것입니다.

그런데도 현명하신 부사께서 간악한 계집의 말을 들으시니

어찌 억울하고 슬프지 않겠사옵니까?"

흉측한 계모를 응징하라!

이튿날 부사는 날이 새기를 기다렸다가 동헌으로 가서 이방을 불러들였다. 관청 사람들은 부사가 무사하다는 사실에 몹시 기뻐했다. 부사는 이방에게 근엄한 목소리로 물었다.

"이 고을에 배 좌수라는 사람이 있느냐?"

"예, 있사옵니다."

"배 좌수의 자식은 몇이라 하더냐?"

"전처가 낳은 두 딸이 있었는데 일찍 죽었고, 후처가 낳은 아들 셋이 있나이다."

"두 딸은 어찌하여 죽었다고 하더냐?"

"자세히는 모릅니다만, 아는 대로 말씀드리지요. 대강 들어 보

니 큰딸은 무슨 죄를 짓고
연못에 빠져 죽었다 하고,
서로 우애가 좋았던 둘째
딸은 밤낮으로 슬퍼
하다가 언니가 죽은
연못에 스스로 빠져
죽었다 하옵니다.

그런데 죽은 자매는 원혼이 되었는지,
안개 낀 날이면 소나무 숲속 연못에서 이상한 소리가 들린다 합니
다. 사람들 말로는 자신들의 누명을 벗겨 달라는 하소연이 들린다
고 하던데……. 지나가는 자들이 이 소리를 듣고 모두 눈물을 흘릴
정도라고 합니다."

부사는 곧바로 분부를 내렸다.

"배 좌수 부부를 당장 잡아들여라!"

아전들은 삽시간에 몰려가서 배 좌수 부부를 잡아 왔다. 배 좌
수는 영문을 모르는 얼굴이었다. 부사는 서슬 퍼런 얼굴로 눈을 부
릅뜨고 배 좌수 부부를 노려보았다.

"너희가 배 좌수 부부인가?"

"네, 그러하옵니다."

"자네에게는 전처의 두 딸과 후처의 아들 삼 형제가 있다지?"

"네, 그러하옵니다."

"모두 살아 있는가?"

"두 딸은 병들어 죽었고 아들 셋만 살았나이다."

"그래? 두 딸은 무슨 병으로 죽었는가? 바른 대로 아뢰면 죽음을 피할 수 있겠지만, 그렇지 않으면 곤장에 맞아 죽을 것이다."

신임 부사의 무시무시한 호령에 배 좌수의 얼굴은 흙빛이 되었다. 벌벌 떨며 아무 말도 못 하고 있는데 옆에서 허씨가 큰 소리로 아뢰었다.

"이미 모든 것을 알고 물으시는데 어찌 터럭만큼이라도 속이겠나이까? 두 딸은 병으로 죽은 게 아니옵니다. 제가 배씨 집안에 들어오기 전에 전처가 낳은 두 딸이 있었습니다. 두 딸아이 중 큰딸은 행실이 좋지 않아서 그만 혼인도 전에 아이를 갖고 말았지요. 우리 집안에 씻을 수 없는 먹칠을 했던 겁니다."

"아, 큰딸이 그런 큰 죄를 저질렀는가?"

"감히 어디 앞이라고 거짓을 말하겠습니까요. 저는 큰딸에게 이렇게 일렀습니다. '네 죄는 죽어 아깝지 않으나, 나는 너의 죄를 용서할 것이다. 그러나 다시는 이런 잘못을 해서는 안 된다. 남들이 알면 우리 집안을 멸시할 것이니, 꼭 명심하여라. 알겠느냐?' 이렇게 경계하며 꾸짖었사옵니다."

부사는 거짓을 늘어놓는 허씨가 괘씸하였으나 꾹 참았다.

"그런데 제 야단이 너무 모질었나 봅니다. 뭐, 자기도 부모 보기가 부끄러웠겠지요. 그 죄가 보통 죄가 아니니까요. 하여간 딸년은 몰래 연못에 스스로 뛰어들었습니다. 동생 홍련이도 제 언니의 행실을 닮아서 야밤에 도망을 쳤는데, 아무리 찾아도 그 종적이 묘연했습니다. 그렇다고 양반의 자식을 대놓고 찾아다닐 수는 없는 노릇 아니겠습니까."

요사스러운 입으로 거짓을 말하는 허씨의 모습은 가증스럽기 그지없었다. 부사는 이야기를 다 들은 뒤 입을 뗐다.

"네 말이 정녕 그렇다면 증거를 대라."

"제가 이럴 줄 알았나이다. 이런 날이 올 줄 알았지요. 장화가 친딸이 아니라 저의 말을 믿지 않으면 어떡하나 싶어서 지금껏 증거를 옷 속에 감춰 두고 있었지요. 자, 여기 있습니다. 보시옵소서. 이게 바로 장화가 낙태한 아이입니다."

허씨는 즉시 그 몹쓸 것을 꺼냈다. 오랜 세월이 흘러 말라붙고 딱딱하게 굳어서 형태를 알아보기 어려웠지만 얼핏 보기에는 낙태한 아이와 비슷했다. 부사는 쉽게 결단을 내리지 못했다.

"으음, 죽은 지 오래되어 분간하기가 힘들다. 생각을 좀 해 볼 터이니 오늘은 그만 물러가라."

부사는 어쩔 수 없이 배 좌수 부부를 풀어 줄 수밖에 없었다.

'이상하구나. 증거까지 갖고 있으니 어떻게 해야 할까?'

이날 밤 또다시 홍련이 나타났다. 이번에는 장화도 함께였다.
자매는 부사 앞에 공손히 절을 올렸다.

"우리 둘은 명철하신 부사 어른이 저희의 한을 씻어 줄 거라고
믿었습니다. 부사께서 흉악한 여자의 꾀에 속아 넘어갈 줄은 몰랐
나이다."

장화와 홍련은 울먹이며 말을 이었다.

"명석하신 부사께서는 다시 한 번 생각하소서. 그 옛날 중국의
순임금께서도 계모에게 큰 화를 입었다 하는데*, 저희들의 원한은
어린아이라도 다 아는 것입니다. 그런데도 현명하신 부사께서 간
악한 계집의 말을 들으시니 어찌 억울하고 슬프지 않겠사옵니까?"

"그렇지만 허씨가 증거를 가져오지 않았느냐?"

장화는 낭랑한 목소리로 또박또박 말했다.

"부사께서는 내일 다시 계모를 잡아들여 낙태한 것을 올리라고
하십시오. 그리고 그것의 배를 가르시면 진실을 알게 될 것입니다.
그 뒤로는 모든 일을 법대로 처리하여 주시옵소서. 다만 저희 아버

---

* 순임금은 고대 중국의 전설적인 제왕이다. 순임금의 계모는 자신의 친아들과 모의하여 순임금을
  몇 차례나 죽이려 했다고 전해진다.

지는 본래 나쁜 사람이 아니옵니다. 흉녀의 간특한 꾀에 넘어가 옳고 그름을 제대로 판단하지 못한 것뿐이오니 특별히 그 죄를 용서해 주시길 바라나이다."

장화와 홍련은 말을 마치고 일어나 절을 올리고, 푸른 학을 타고 하늘 위로 솟구쳐 날아갔다.

그제야 부사는 자신이 흉악한 허씨에게 속았다는 것을 깨달았다. 부사는 날이 새기를 기다렸다.

결국 배 좌수 부부는 다시 붙들려 왔다. 부사는 큰 소리로 야단을 쳤다.

"어제 내민 증거물을 다시 꺼내 보아라!"

허씨는 품속에서 흉측한 그 물건을 다시 꺼냈다.

"여봐라! 저 흉측한 것의 배를 갈라 보라!"

아전들은 단호한 부사의 모습에 서둘러 칼을 가져다가 배를 갈랐다.

"이, 이것은……!"

아전 하나가 배를 갈라 보더니 소스라치게 놀라서 뒤로 물러났다. 낙태한 아이라고 했던 그것의 속에 검고 동글동글한 쥐똥이 가득 들어 있었다. 주위 모든 사람들이 이 모습을 보고 드디어 허씨의 흉계를 깨닫게 되었다.

"저런, 애먼 사람만 잡았군. 이렇게 딱할 데가."

"장화와 홍련이 불쌍타. 사람의 탈을 쓰고 어째 저런 흉악한 짓을 벌였나?"

주위 사람들은 침을 뱉고 손가락질하며 허씨를 꾸짖었다. 부사는 쥐똥을 두 눈으로 직접 확인하고는 외쳤다.

"어서 저 못된 죄인에게 칼을 씌워라."

허씨의 얼굴이 백지장처럼 하얗게 변했다. 부사는 더욱더 목소리를 높였다.

"이 악독하고 흉악한 죄인아! 이토록 끔찍한 죄를 저질러 놓고 감히 나까지 속이려 했더냐? 어디 다시 변명해 보아라! 네가 나라 법을 업신여기고 몹쓸 일을 저질러 죄 없는 전처 자식들을 죽였으니, 그 죄를 낱낱이 고하지 못할까?"

그때 기절했던 배 좌수가 깨어나 서럽게 울먹였다.

"부사 어른! 모두 제 탓이옵니다. 제가 비록 시골에 사는 어리석은 백성이지만 어찌 옳고 그름을 모르고 체면과 도리를 모르겠사옵니까? 저의 죄가 무거우니, 부사께서 어떤 벌을 내리셔도 달게 받을 것이옵니다."

"너의 죄를 네 입으로 고하라!"

"전처 장씨는 참으로 현명하고 아름다운 여인이었습니다. 그런데 부인이 세상을 떠난 뒤로 저는 부득이 후처를 얻었고, 아들을 얻어 대를 이을 수 있었습니다. 그런데 하루는 흉측한 계집이 저에게 딸이 낙태를 했다며 저 핏덩이를 내보였지요. 저는 흉녀의 모함을 전혀 깨닫지 못하고 전처의 유언을 망각한 채 자식들을 죽였습니다. 제 목숨은 만 번 죽어도 아깝지 않습니다. 어서 바삐 죽여 주옵소서."

"그만하라!"

부사는 배 좌수의 울음을 그치게 하고 흉녀 허씨를 형틀에 올려매어서 문초를 시작했다.

"네 죄를 스스로 자백해라. 만일 하나라도 거짓이 있어서는 안 될 것이다."

허씨는 매질을 이기지 못하여 자백을 하기 시작했다.

"저의 친정은 대대로 명문 가문이었으나, 근래에 가문이 쇠하고 가세가 기울어 재물을 탕진하게 되었습니다. 그때 배 좌수가 간청하여 제가 배씨 집안의 후처로 들어오게 되었는데, 이미 전처의 두 딸이 있는 상태였지요. 딸들은 하나같이 행실도 올바르고 아름답기가 이를 데 없어 내 자식처럼 여기고 잘 길러 내었습니다. 그런데 점점 어긋나더니 제가 백 마디를 하면 한 마디도 듣지 않게 되었습니다.

하루는 우연히 두 딸년이 나누는 이야기를 들어 보니, 그 말이 흉악하기가 이를 데 없었습니다. 마음이 몹시 놀라고 분했지만 남편은 딸들 편만 들었지요. 딸들에 대해 좋지 않은 말을 하면 다 저의 모함이라고만 하니, 이런 참혹한 일을 치를 결심을 했던 것입니다. 저는 쥐를 잡아 피를 묻혀 장화의 이불 밑에 넣고, 장화가 낙태한 것처럼 꾸몄습니다. 그런 뒤 큰아들 장쇠를 시켜 장화를 연못에 빠뜨렸지요. 홍련이는 자기도 화를 입지 않을까 두려워 밤중에 도망친 것입니다. 저의 모든 죄를 인정하오니 법대로 처분하옵소서. 다만 장쇠는 이 일로 이미 천벌을 받아 불구가 되었으니 용서해 주시옵소서!"

장쇠를 비롯한 아들 삼 형제가 모두 무릎을 꿇고 엎드려 빌었다.

"늙으신 부모 대신 저희를 죽여 주시옵소서!"

듣고 보니 부사는 허씨의 입장도 이해가 갔지만 자매의 원통한 죽음이 마음에 걸렸다.

"나 홀로 판단을 내리기 어렵구나. 이 문제는 위에 알려야겠다."

부사는 모든 일들을 감영에 보고하였다. 감사는 사연을 듣더니 크게 놀랐다.

"이런 끔찍한 일이 일어나다니! 이 일은 내가 해결하기 어렵다."

감사는 곧바로 전후 사정을 조정에 전했다.

드디어 왕의 명이 떨어졌다.

"계모 허씨가 저지른 죄는 그 무엇으로도 씻을 수 없다. 그러니 능지처참*하여 후세 사람들로 하여금 특별히 경계를 삼도록 하라. 아들 장쇠는 목을 매 죽이고, 장화와 홍련의 억울한 누명을 씻어 주고, 비석을 세워 주도록 하라. 배 좌수의 죄 역시 크지만 자매의 소원이니 풀어 주도록 하라!"

왕의 명령은 곧 철산 부사에게 전해졌다. 부사는 허씨를 능지처참한 뒤 그 목을 마을 입구에 내걸고, 장쇠는 목을 매어 죽이고 배 좌수는 뜰에 앉힌 뒤 크게 꾸짖었다.

"어리석도다! 어찌 흉악한 여인의 꼬임을 깨닫지 못하고 죄 없는 자식을 죽게 하였느냐! 마땅히 네 죄를 다스려야 하지만, 장화와 홍련 자매의 간절한 부탁이 있었다. 또한 왕께서 풀어 주라 하시니 특별히 너의 죄를 용서할 것이다!"

배 좌수는 하늘의 은혜에 감사하고 남은 두 아들을 거느리고 돌아갔다.

* **능지처참** 대역죄를 범한 자에게 지우던 무거운 형벌. 죄인을 죽인 뒤 시신의 머리, 몸, 팔, 다리를 토막 쳐서 각 지방에 돌려 보임.

●

새로 태어난 아이들은 장화와 홍련이 환생한 게 틀림없었다.

두 사람은 쌍둥이 중 한 명의 이름을 장화,

또 한 명의 이름을 홍련이라고 붙여 주었다.

●

모든 일이
제자리로 돌아가다

　배 좌수가 돌아간 뒤, 부사는 왕명을 받들어 장화와 홍련의 비석을 세워 주기로 했다.

　우선 두 사람이 빠져 죽었다는 연못부터 찾아가 보았다.

　인적이 드물어 한적하던 소나무 숲이 소란스러워졌다. 일꾼들은 부사의 명을 따라 연못의 물을 퍼내기 시작했다. 부사는 몸소 아전들을 거느리고 나섰다. 아니나 다를까. 연못 밑바닥까지 파헤치자 그곳에서 장화와 홍련의 시신이 나왔다.

　그런데 신기한 일이 있었다. 이미 죽은 지 오래인 장화와 홍련의 시신이 하나도 썩지 않았던 것이다. 물속에서 부르트지도 않았고 물고기가 뜯어 먹은 흔적도 없었다. 얼굴마저 하나도 변하지 않

아서 마치 살아 있는 사람이 깊은 잠에 든 것만 같았다.

부사는 괴이하게 여기면서도 아전들을 시켜 관을 준비했다.

"억울한 혼령을 위로하려 하니, 좋은 터를 가려서 묻어 주도록 하라!"

부사는 장화와 홍련의 장례를 소홀하지 않게 치렀다. 그런 뒤 왕의 분부대로 무덤 앞에 비석을 세웠다. 비석에는 '해동 조선국 평안도 철산군 배무룡의 딸 장화와 홍련의 불망비*'라 새겼다.

시간이 흘렀다.

철산 부사는 고을 일을 보느라 정신이 없었다.

하루는 일에 지친 부사가 피곤하여 잠시 졸고 있는데, 장화와 홍련의 영혼이 부사를 찾아와 큰절을 올리고는 이렇게 말하였다.

"소녀들은 담대하고 용기 있는 부사 어른을 만나 억울한 누명을 벗고, 뼛속 깊이 새겨진 원한을 풀 수 있었습니다. 또 저희의 시신까지 거두어 좋은 곳에 묻어 주시고 아버지를 용서해 주시니, 그 은혜가 태산보다 높고 푸른 바다보다도 더 깊사옵니다. 비록 저승에 있는 귀신일지라도 결초보은*을 잊지 않겠나이다. 앞으로 부사

* **불망비** 후세 사람들이 잊지 않도록 어떤 사실을 적어 세우는 비석.
* **결초보은**(結草報恩) 죽은 뒤에라도 은혜를 잊지 않고 갚음을 이르는 말.

께는 행운이 뒤따를 것이옵니다. 높은 관직에 올라 큰 뜻을 펼치실 것이니 그리 아소서."

이 말을 마치고 장화 자매는 미소를 띠고 사라졌다.

부사가 깜짝 놀라 깨어났다. 짧은 꿈이었다.

그런데 신기하게도 정말 부사의 관직이 점차 높아져서, 마침내 정이품 통제사*까지 이르게 되었다.

한편 살아남은 배 좌수는 사람 꼴로 살지 못했다. 배 좌수는 자신 때문에 딸들이 죽음에 몰렸다는 죄책감에 시달렸다.

"사랑하는 장화야! 홍련아! 아비가 얼마나 원망스럽느냐! 아아, 이 일을 어찌할까. 이제 다시는 너희들을 만날 수 없겠지."

배 좌수는 시름시름 앓다가 미칠 지경에 이르렀다. 게다가 제대로 끼니를 챙겨 먹지 않아서 몰골이 눈에 띄게 초췌해졌다.

이를 안타깝게 지켜본 이웃들의 도움으로 배 좌수는 다시 혼인을 하게 되었다. 세 번째 부인은 지방 관리 윤광호의 딸로 나이는 열여덟이었다. 외모가 뛰어나고 재주도 훌륭했으며, 무엇보다도 성품이 온순하여 기품이 느껴지는 여인이었다. 윤씨는 두 딸을 잃은 배 좌수를 애틋하게 위로하고 상처받은 마음을 잘 달래 주었다.

---

* **통제사** 조선 시대에, 수군을 통솔하던 정이품 무관의 벼슬.

그러나 여전히 배 좌수는 두 딸 생각이 간절했다.

그날도 딸들 생각에 잠을 이루지 못하고 있을 때였다. 방문이 조용히 열리더니 인기척이 느껴졌다.

"누, 누구시오?"

배 좌수는 깜짝 놀라 열린 문을 바라보았다. 이윽고 옅은 연기가 방 안으로 스며들더니 장화와 홍련이 모습을 드러냈다. 둘은 황홀하게 치장한 날개옷을 단정히 입고 있었다. 장화 자매는 큰절을 올렸다.

"아버지! 그간 안녕하셨나요? 저희들은 팔자가 기구하고 지은 죄가 많기에 모진 계모를 만나 억울한 누명을 썼어요. 그리고 억울한 누명을 쓴 채로 아버지 곁을 떠나게 되었지요. 원통한 심정을 옥황상제께 아뢰었더니, 상제께서 이렇게 말씀하셨어요. '이 역시 운명이니 누구를 원망하겠느냐? 그러나 너의 아비와 세상 인연이 다 끝난 것이 아니니 다시 세상에 나아가 원한을 풀어라.' 옥황상제의 말씀을 듣고 물러 나왔사오나 아직 그 뜻을 다 알지 못하겠습니다."

장화와 홍련은 말을 마치고 슬픈 얼굴로 배 좌수를 바라보았다. 배 좌수는 반가운 마음에 벌떡 일어났지만 닭 울음소리에 놀라 깨어났다.

"꿈이었구나."

배 좌수의 마음은 더욱 허전했다.

그때 마침 윤씨도 꿈을 꾸고 있었다. 날개옷을 입고 황홀하게
치장한 선녀가 구름을 타고 내려와 연꽃 두 송이를 윤씨에게 내밀
었다.

"이 꽃은 장화와 홍련입니다. 옥황상제께서 억울한 두 아이를
불쌍히 여겨 부인께 다시 점지하니, 앞으로 귀하게 길러서 딸들이
부귀영화를 누리도록 도와주세요."

윤씨는 소스라치게 놀라 잠에서 깨어났다. 선녀는 온데간데없는
데 꿈에서 보았던 꽃이 손에 쥐어져 있었다. 난생처음 보는 아름다
운 꽃이었다. 시들지 않은 싱그러운 꽃향기가 방 안을 가득 채웠다.

"장화와 홍련이 누구인지 아시는지요?"

윤씨가 고개를 갸우뚱하며 배 좌수를 불러 꿈 이야기를 전하고
꽃을 내밀었다. 그 꽃이 마치 살아 있는 것처럼 넘놀며 배 좌수를

반기는 듯했다. 배 좌수는 하염없이 눈물을 흘렸다. 그리고 윤씨에게 장화 자매 이야기를 들려주었다.

"예전에 장씨 부인이 상서로운 꿈을 꾸고 두 딸을 낳았었는데, 오늘 부인이 또 그런 꿈을 꾸었구려. 두 딸이 부인께 태어날 징조인가 보오!"

배 좌수와 윤씨는 서로 손을 맞잡고 기뻐했다. 꽃을 옥병에 꽂아 두고 생각날 때마다 바라보니, 아픈 마음도 아물었다.

윤씨는 그달부터 태기가 있었는데 아이를 가진 배가 예사롭지 않게 컸다. 산달이 가까워지자 누가 보아도 쌍둥이가 들어섰음을 알 수 있었다.

윤씨는 쌍둥이를 순산하였다. 그것도 두 딸이었다.

"부인! 아이들을 보시오. 연꽃보다도 더 아름답소."

배 좌수 부부는 두 손을 마주 잡고 옥병을 보았다. 그런데 희한하게도 꽃들이 이미 자취를 감추고 없었다.

"이, 이럴 수가! 꽃이 변해 아이들이 되었구려!"

배 좌수는 그간의 한이 사라지는 것을 느꼈다. 새로 태어난 아이들은 장화와 홍련이 환생한 게 틀림없었다. 두 사람은 쌍둥이 중한 명의 이름을 장화, 또 한 명의 이름을 홍련이라고 붙여 주었다. 그리고 귀한 보석처럼 아끼고 사랑하며 길러 냈다.

세월이 흘러 아이들이 다섯 살이 되었다. 아이들은 어릴 때부터 부모를 효성으로 받들었다. 열다섯이 되자 마음씨가 곱고 재주가 출중하여 고을에 소문이 자자하였다. 배 좌수 부부는 딸들을 보며 흐뭇해하다가도 한편으로는 마땅한 짝을 찾을 일이 걱정이었다.

"아이들에게 훌륭한 신랑감을 구해 줘야 할 텐데 걱정이구려. 어진 인품을 가진 사람이었으면 좋겠소."

배 좌수 부부는 신랑감을 구하려고 여기저기 알아봤지만 좋은 사람을 찾기는 쉽지 않았다.

마침 평양에 이연호라는 사람이 있었다. 그는 재산이 많고 주변 사람들로부터 존경을 받았다. 그에게는 아들 둘이 있었는데 뒤늦게 신령의 도움을 받아 얻은 귀한 쌍둥이였다. 두 아들의 이름은 윤필, 윤석이었다. 형제의 얼굴이 잘생겼고 글재주도 뛰어나서 딸 가진 사람이라면 누구나 탐낼 정도였다.

이연호도 좋은 며느리를 맞으려고 백방으로 알아보던 참이었다. 그러던 중 배 좌수의 딸들이 훌륭하다는 소문을 듣고 먼저 혼인을 청하였다.

배 좌수와 이연호 내외가 서로 만나 신랑감과 신붓감을 살펴보니 양쪽 모두 흡족하였다. 양가는 즉시 혼인하기로 하고 구월 보름날로 날짜를 잡았다. 배 좌수는 한시라도 떨어져 있기를 싫어하는 쌍둥이를 같은 집에 시집보내게 되어 크게 안심하였다.

이때 나라도 태평성대를 이루었다. 왕은 큰 경사가 있을 때 특별히 과거 시험을 실시하여 인재를 구했는데, 여기에 윤필과 윤석이 응시하여 나란히 장원 급제하였다. 왕은 둘을 기특한 인재로 여겨서 즉시 명예로운 관직에 임명했다.

윤필과 윤석은 바쁜 와중에도 시간을 내어 고향으로 돌아왔다. 이연호는 큰 잔치를 베풀어 친척들과 친구들을 초대했다. 고을 수령이 풍악을 울릴 이들과 잔치에 쓸 돗자리를 보내 주었고, 감사를 비롯한 신하들이 새롭게 관리로 임명된 인재들을 위하여 잔을 나누어 축하해 주었다. 가문에 더없는 영화였다.

곧 혼인날이 다가왔다. 형제는 옷을 갖추어 입고 풍악을 울리며 예식을 치렀다. 장화와 홍련은 다홍색 바탕에 모란꽃, 연꽃, 호랑나비 등을 수놓은 활옷*을 입고 두 볼에 연지, 곤지를 찍어 아름다운 신부로 치장하였다.

"꼭 하늘에서 내려온 선녀들 같네그려!"

사람들은 모두 장화 자매의 아름다움에 감탄했다.

"신랑 신부, 맞절!"

이들의 아름다운 모습은 마치 한 쌍의 맑은 구슬이요, 두 개의 푸른 옥처럼 보이니, 부모의 기쁨은 이루 말할 수 없었다.

---

* **활옷** 전통 혼례 때에 새색시가 입는 예복.

이리하여 장화와 홍련은 효성으로 부모를 극진히 받들었으며, 장화는 두 명의 아들과 한 명의 딸을 낳았고 홍련 역시 두 명의 아들을 두었다. 자식들은 각자 벼슬길에 나아가 세상에 뜻을 펼치거나, 학식이 높아 공부하거나 풍월을 벗 삼으며 만족스러운 삶을 살았다. 배 좌수는 나이 구십에 세상을 떠났고 윤씨 또한 뒤따르니, 장화와 홍련은 친어머니가 돌아가신 것처럼 진심으로 슬퍼하였다.

윤필과 윤석 형제도 부모가 돌아가시고 나서 형제가 한집에 어울려 자손을 거느리고 살다가 일흔다섯에 죽었다. 그 자손들이 아들딸을 낳고 온갖 복을 누리며 행복한 삶을 살아갔다.

누명을 쓰고 억울하게 죽었던 장화와 홍련이 다시 환생하여 좋은 배필을 만나 자식들을 거느리고 일흔셋의 나이로 한날한시에 죽었으니, 이보다 행복한 일생은 없었다 한다.

물음표로
따라가는
인문학 교실

고전으로 인문학 하기

고전을 읽으며 생겨나는 여러 질문에 답하며,
배경지식을 얻고 인문학적 감수성을 키워요.

고전으로 토론하기

고전을 다양한 시각으로 바라보며,
다르게 생각하는 힘을 길러요.

고전과 함께 읽기

함께 소개하는 다양한 작품을 통해,
인문학적 사고의 폭을 넓혀요.

고전으로 인문학 하기

● 장화 자매 이야기, 실제 있었던 일일까?

흔히 소설은 허구에 바탕을 둔 이야기라고 합니다. 그런데 소설 중에는 실제 일어난 사건에 작가의 상상력이 더해져 문학 작품으로 창작되는 경우도 있습니다. 《장화홍련전》도 실화에 바탕을 둔 소설이랍니다. 그 근거로는 1865년에 편찬된 《가재사실록》을 들 수 있어요. 조선 효종 때 무신인 전동흘의 이야기를 후대 사람이 기록하고 엮은 책인데, 놀랍게도 여기 한문으로 쓰인 〈장화홍련전〉이 실려 있답니다.

전동흘(약 1610~1705년)은 용맹한 무신이었어요. 그가 흥덕(전북

고창의 옛 이름) 지방의 현감으로 있을 때, 바다에서 훈련하던 병사들이 파도에 휩쓸려 죽을 위기에 처한 일이 있었어요. 전동흘은 목숨을 걸고 병사들을 구해 냈고, 이 일로 그의 이름은 조정에까지 알려졌죠. 그즈음 평안도 철산 지방에 귀신이 있다는 흉흉한 소문이 돌고 있었는데요. 효종은 신임하는 전동흘을 철산 부사로 내려보냈고, 전동흘은 그곳의 문제를 슬기롭게 해결했어요. 이는 우리가 알고 있는 《장화홍련전》의 내용과 크게 다르지 않죠.

하지만 전동흘이 해결한 실제 사건은 소설의 내용과 다를 가능성이 큽니다. 먼저 《가재사실록》은 전동흘이 죽고 160년이나 지나서 세상에 나왔다는 점을 감안해야 해요. 그 사이에 이야기가 바뀌고 덧대어질 가능성이 크죠. 또 호수에서 건져 낸 장화와 홍련의 시체가 썩지 않았다거나, 자매가 귀신이 되어서 나타났다거나 하는 부분도 과장이나 사실이 아닐 확률이 큽니다.

《가재사실록》에 실린 〈장화홍련전〉과 우리가 앞서 읽은 《장화홍련전》의 내용에도 차이가 있답니다. 《가재사실록》에는 우리가 읽은 《장화홍련전》(우리 책은 한글 목판본을 바탕으로 하고 있어요)처럼 계모의 외모가 상세하게 묘사되어 있지 않아요. 한편 계모가 장화를 없애려고 한 이유는 《가재사실록》에 더욱 상세히 드러나 있어요. 여기에는 계모가 장화의 혼수를 마련해 주기 싫어서 장화를 죽이려고 한 것으로 나와 있죠. 우리 책은 장화 자매에 대한 허씨의 질투를 주된 원인으로 꼽았지만, 《가재사실록》에서는 갈등의 원인이 재산 문제임을 분명히 밝힌 거예요. 그런가 하면 결말도 다르답니다. 《가재사실록》에 장화와 홍련이 다시 태어나서 행복을 누리는 장면은 없어요.

결론을 내리면, 실제 사건을 바탕으로 장화 홍련 이야기가 만들어졌고, 세월이 흐르는 동안 내용이 달라져 왔다고 할 수 있어요. 《장화홍련전》은 30여 종의 이본이 있고, 이본마다 조금씩 내용에 차이가 있어요. 등장인물 이름에서부터 결말까지 곳곳이 다르죠. 사회의 변화가 작품 속에 반영되고, 흥미와 재미를 위해 이야기가 추가되고 축소되면서 이본이 만들어진 것이랍니다.

한 걸 음 더 죽은 뒤 누명을 벗다!

장화와 홍련은 죽은 뒤에도 누명만은 벗을 수 있기를 바랐어요. 그리고 그 꿈을 이루었죠. 이처럼 억울하게 죽은 사람이 나중에 누명을 벗는 일은 실제로도 종종 있었습니다. 단종의 폐위에 반대한 사육신(이개, 하위지, 유성원, 성삼문, 유응부, 박팽년)은 세조 때 역적으로 몰려 처형되었지만, 숙종 때 명예가 회복되었어요. 이들은 오늘날 지조를 지킨 신하의 대명사로 불리죠. 그런가 하면 우리 근현대사에서, 억울하게 간첩으로 몰려 죽은 사람들의 명예를 뒷날 국가가 회복시켜 준 경우도 있습니다. 개인의 억울함을 풀어 주는 일은 역사를 바로잡는 일이라고도 할 수 있어요. 그러니 국가가 적극적으로 나서서 피해자를 구제해야겠죠.

● 왜 배 좌수의 재혼은 힘들었을까?

(아내를 잃은 배 좌수는) 인근 각지에서 혼인할 여인을 구했지만 원하는 여인들이 없었다. 계모 자리를 마땅하게 생각하지 않았기 때문이다. 겨우겨우 어찌어찌 구한 여인이 바로 허씨였다. •22쪽 중에서

아내가 죽고 나서 배 좌수는 가문의 대를 잇기 위해 재혼하기로 마음먹죠. 그런데 배 좌수의 재혼 상대를 찾는 일은 쉽지 않았어요. 배 좌수의 평판이 좋았고 전처가 남겨 준 재물이 있어 살림도 넉넉했는데, 왜 그랬을까요?

조선 후기로 가서 재혼 상대자를 한번 꼽아 봅시다. 가장 먼저 떠오르는 후보는 남편과 사별한 사대부 집 여인이에요. 배 좌수의 신분이 양반이니까, 같은 신분의 여인이면서 남편과 사별했으면 처지가 맞는 듯 보이죠. 그런데 사대부 집 여인은 재혼할 생각이 전혀 없을 겁니다. 당시 사회는 여성의 재혼을 가문의 수치로 여겼거든요. 성종 때 만들어진 '재가녀자손금고법'에 따라 재혼한 여인의 자식은 관직에 오르지 못할 정도였어요.

둘째로, 양반보다 지위가 낮은 중인 집안의 여인. 이 중에는 배 좌수의 재혼 상대자가 있을 법합니다. 하지만 여기에도 문제가 있어요. 혼인할 여성이 중인이고 재혼 남성이 양반일 경우, 즉 여자가 남자보다 계층이 낮은 경우에 여인은 정실부인이 아니라 첩으

로 받아들여졌기 때문이죠. 첩은 아내 지위를 제대로 인정받지 못했고, 첩의 자식들은 관직에 나아가는 데에도 차별받았어요. 상황이 이러니 경제적으로 넉넉한 중인 집안 여인들이 굳이 그런 결혼을 하고 싶지 않았을 겁니다.

셋째로, 양반 사대부 집의 처자를 떠올려 볼 수 있죠. 그런데 양반집 여인이 굳이 재혼 자리에 들어갈 이유가 있을까요? 왕이나 높은 벼슬을 하는 양반의 아내 자리라면 생각해 볼 수 있겠지만, 평안도 시골의 별 볼 일 없는 양반의 후처가 될 이유는 없죠. 물론 여인의 집이 몰락한 양반 가문이라면 말이 달라지긴 합니다. 너무 먹고살기 어려우면 생계를 위해 어쩔 수 없이 재혼 자리라도 알아봐야 할 수도 있으니까요.

자, 이제 정리를 해 볼까요? 배 좌수의 재혼 상대가 정해진 것 같습니다. 결국 배 좌수의 재혼 상대는 그보다 신분이 낮고 경제적인 형편이 좋지 않은 중인 집안의 여인이거나, 몰락한 양반 가문의 여인일 수밖에 없었습니다.

"저의 친정은 대대로 명문 가문이었으나, 근래에 가문이 쇠하고 가세가 기울어 재물을 탕진하게 되었습니다."

허씨가 철산 부사 앞에서 하소연을 하며 제일 먼저 꺼낸 말이에요. 그녀는 몰락한 양반 가문의 딸이었던 것입니다.

● 왜 계모는 악녀가 되었나?

《장화홍련전》은 전형적인 권선징악 구조를 따릅니다. 악한 계
모는 벌을 받고, 선한 장화와 홍련은 복을 받죠. 그런데 정말 계모
는 못된 사람일까요? 적어도 소설에서 계모는 못나고 악독한 사람
으로 묘사되어 있어요. 입은 메기입, 머리털은 돼지털, 얼굴은 콩
멍석 같은데 마음씨는 더욱 고약하다고 하죠. 계모의 악행이 시작
되기 전인데도 이렇듯 부정적으로 서술되어 있어요.

그렇다면 왜 작가는 계모를 처음부터 극악한 인물로 묘사했던
것일까요? 그 시대 계모는 '일반적으로' 못된 사람이었을까요? 혹
시 계모가 못된 사람이 될 수밖에 없었던 이유가 있는 것은 아닐까
요? 그 답을 작품 속에서 그리고 시대 상황 속에서 찾아볼 수 있습
니다.

앞서 계모 허씨는 몰락한 양반 가문의 딸이라고 이야기했죠. 그
런데 이런 상황의 여인이 재혼 가정에서 제대로 인정받을 수 있었
을까요? 재혼 여성들은 가정에서 그 지위가 매우 낮았을 것으로
보입니다. 특히 전처 자녀가 있다면 가족으로 인정받기 더욱 어려
웠죠. 소설을 봐도 장화와 홍련이 허씨를 어머니로 인정하고 따르
는 내용은 거의 나오지 않아요. 심지어 배 좌수마저 허씨를 경계하
고 멀리했죠.

하지만 이런 이유만으로 계모가 악독해졌을까요? 또 다른 이유가 있습니다. 바로 경제적인 문제 때문이었어요. 앞서 말했듯《가재사실록》에 기록된 〈장화홍련전〉에는 허씨가 장화를 없애려고 마음먹었던 이유가 잘 드러나 있어요. 허씨는 큰딸 장화에게 혼담이 오가던 때에 장화를 죽이기로 결심했죠. 눈엣가시 같은 의붓딸이 시집가면 계모 입장에서는 속이 시원할 텐데 왜 굳이 그런 마음을 먹었을까요? 그것은 재산 문제가 걸려 있었기 때문이랍니다.

돈 문제는 매우 예민한 사안이죠. 특히나 가정에서 지위가 낮았던 계모 입장에서는 더더욱 그럴 거예요. 조선 전기에는 부인이 사망하면 부인 재산의 대부분이 혈연 관계의 자녀에게 상속되도록 정해져 있었어요. 자녀가 없을 때는 친정 가족들에게 재산이 돌아갔죠. 그런데 후기 들어서 상속법이 바뀌었어요. 부인에게 자녀가 있을 때는 예전과 같은 절차로 진행되었지만, 자식이 없을 때는 남편 집안의 대를 이을 승중자(돌아가신 아버지나 할아버지를 대신하여 제사를 받드는 사람)에게 재산이 상속되도록 바뀐 거죠.

이것이《장화홍련전》에서 문제의 불씨가 되었습니다. 계모의 아들 장쇠도 재산을 물려받을 수 있는 길이 열린 거죠! 다만 조건이 있었습니다. '전처의 자식이 없어야 한다!' 필연적으로 전처 자녀와 계모, 그리고 계모의 자녀 사이에는 전처가 남긴 재산을 두고 갈등 관계가 생겨나게 돼요. 전처 자녀에게 계모는 항상 경계해야 하는 대상이었어요. 계모가 전처의 재산을 노리고 자신들을 해칠 수도 있다는 불안감 때문이었죠.《장화홍련전》에서는 장화와 홍련이 전처 자녀이고, 허씨가 계모, 그리고 장쇠가 승중자인 구도입니다. 장화와 홍련이 죽었을 때 가장 큰 이득을 보는 인물은 허씨와 장쇠죠.

《장화홍련전》은 철저히 전처 자식들 입장에서 구성된 소설입니다. 또한 계모에 대한 당시 사회의 편견을 고스란히 담고 있죠. 그래서 장화와 홍련은 모범적인 여인으로, 계모는 온갖 악행을 저지르는 인물로 그려진 것이랍니다. 소설은 이렇게 경고하고 있는 것 같지 않나요? '이 세상 계모들아, 전처 자식들에게 함부로 하지 말고, 그 재산을 넘보지 말라!' 하지만 가난하고, 가정에서 지위가 낮았고, 편견 속에서 살아야 했던 계모의 위치를 떠올려 보면, 마냥 계모를 손가락질할 수만은 없는 노릇 같습니다.

● 장화는 왜 가만있었을까?

배 좌수는 참 매정해요. 딸을 죽이려는 명령을 쉽게 내리는 모습을 보면 그렇죠. 그런데 장화도 조금 이상합니다. 자신이 죽을 처지에 놓였는데도 저항하거나 달아날 궁리를 하지 않아요. 스스로 불길함을 느끼면서도 장쇠를 따라나서죠. 심지어 장쇠에게 아버지와 계모를 잘 모시라는 당부까지 해요. 이렇게 어리석은 인물이 또 있을까요? 장화는 죽어서도 한결같습니다. 이왕 귀신이 됐으니 계모에게 직접 복수할 수도 있을 텐데 그러지 않아요. 부사 앞에 모습을 드러낸 이는 장화가 아니라 동생 홍련이에요. 왜 장화는 적극적으로 나서지 않았을까요?

장화를 이해하기 위해서는 소설이 쓰인 조선 후기 사회의 분위기를 살펴야 해요. 조선 후기에는 상평통보와 같은 화폐가 널리 쓰이고, 상업이 발달했어요. 또 이앙법(모를 못자리에서 논으로 옮겨 심는 농사 방법)이 보급되어 농업 생산량이 늘면서 부유한 농민이 등장했죠. 이런 바탕 위에서 실질적인 일에 힘써야 한다는 실학도 등장했고요. 어때요, 대부분 긍정적인 변화인 것 같죠?

하지만 그렇지만은 않았어요. 사실 조선 후기는 임진왜란(1592년)과 병자호란(1636년)이라는 커다란 전쟁들을 겪으며 피폐해진 상태였어요. 나라가 혼란에 빠지고 사회 질서가 위태로워졌습니다. 조선을 지배해 온 정치 철학은 성리학, 즉 유학인데요. 이 성리학적 질서가 마구 흔들리기 시작한 거예요. 생각해 봐요. 나라가 백성을 지키지 못했는데 지배층에 대한 신뢰가 쌓일까요? 그렇지 않겠죠. 백성들은 지배층을 비판하고, 그들이 만들어 놓은 질서를 지키지 않으려 했습니다.

이제 조선의 사대부들은 다급해집니다. 그래서 나라의 기강을 바로잡는다며 성리학적 질서를 부르짖었어요. 사회적인 위계질서를 세우려는 움직임이었죠. 이는 예전보다 더욱 보수적인 사회

를 만드는 결과를 낳았어요. 조선 전기에는 모든 자녀들이 돌아가며 제사를 지내고 재산도 똑같이 나눠서 상속받았어요. 그런데 점차 이 모든 것이 큰아들을 중심으로 이루어졌어요. 큰아들이 가문을 대표해 제사 지내고, 재산 대부분을 상속받았지요. 반대로 여성의 권리는 사라지거나 축소되었죠. 조선 후기 강력한 가부장 제도가 탄생한 거예요.

사대부들의 또 다른 처방은 예절을 강조하며 효(孝)와 열(烈)을 지키는 분위기를 만든 것이었어요. 예절을 중요시하는 게 위계질서와 무슨 관계가 있냐고요? 학교를 떠올려 봐요. 학생이 교복을 단정하게 입는지, 머리 길이는 어떤지, 등교 시간을 잘 지키는지 등을 감시하죠. 예절과 규칙이라는 이름으로 통제를 하는 겁니다. 사대부들은 바로 이 방법을 사용했어요. 효자와 열녀를 기념하는 비석들을 곳곳에 세우고 백성이 본받게 했습니다. 오죽하면 부모를 살리려고 손가락을 자르거나 부녀자들이 정절을 지킨다고 스스로 목숨을 끊는 일도 있었다고 해요. 그렇게 하면 가문이 빛을 발한다고 믿었죠.

자, 다시 《장화홍련전》을 들여다볼까요? 어째서 장화는 아버지의 부당한 명령을 받아들이고 스스로 시퍼런 물속에 몸을 던졌을까요? 정답은 조선 후기가 지나치게 보수적인 사회였기 때문이에요. 가부장인 아버지의 말씀을 따르지 않는 것은 당시로서는 상상

조차 할 수 없는 일이었죠. 그럼 아버지가 사랑하는 딸을 죽게 만든 까닭은 무엇일까요? 바로 혼인도 하지 않은 딸이 아이를 유산했다는 점 때문이었어요. 계모의 말이 사실인지 아닌지는 배 좌수에게 그다지 중요하지 않았을 겁니다. 그보다 소문이 퍼져서 예의도 모르는 가문이라고 비난받을까 봐 두려웠겠죠. 예절이 어느 때보다도 강조된 사회에서 장화와 관련된 소문은 절대로 용납할 수 없는 것이었습니다.

한 걸 음 더 성리학은 사회에 어떤 영향을 끼쳤나?

고려의 신진 사대부들은 조선을 세우면서 불교를 배격하고 유교를 통치 이념으로 내세웠어요. 그들은 유교의 가르침 중에서도 성리학을 정치 철학으로 삼았습니다. 어질고 의로운 정치를 펼쳐 이상 국가를 만들고자 했던 거죠.

성리학은 우주 만물의 조화와 화합을 중시했는데요. 이에 따라 만물을 음과 양으로 나누어 그 특징을 부여했습니다. 귀한 것과 천한 것, 높은 것과 낮은 것, 강한 것과 약한 것, 움직이는 것과 정지된 것 등으로 나누었죠. 그러면서 남자와 여자의 역할도 나눴습니다. 남자는 밖에 위치하고 여자는 안에 위치한다고 보았고, 남자는 높은 곳에, 여자는 보다 낮은 곳에 놓여 있다는 설정을 하기에 이릅니다. 이에 따라 낮은 위치에 있는 여자가 남자에게 순종해야 한다고 보았죠. 열녀는 두 지아비를 섬길 수 없다는 말도 이런 배경에서 나왔습니다. 조선 후기를 향해 가면서 이러한 성리학적 질서는 나라 전반에 깊이 뿌리내리게 됩니다.

● 장화, 홍련은 왜 복수하지 않았을까?

억울하게 죽은 장화와 홍련은 구천을 떠도는 귀신이 되었어요. 우리나라의 전통적인 사후 세계관에 따르면 사람은 죽고 나서 이승에서 저승으로 간다고 해요. 그런데 하늘이 내려 준 시간을 다누리지 못하고 억울하게 죽은 자는 저승으로 갈 수 없다고 하죠. 예를 들면 물에 빠져 죽었거나, 전란 중에 죽었거나 하는 경우 말이에요. 이들은 이승과 저승 사이에 있는 구천을 떠도는데, 그러다 가끔씩 이승의 사람들을 괴롭힌다고 해요. 장화와 홍련 역시 구천을 떠돌며 본의 아니게 철산 부사들을 괴롭혔죠.

그런데 왜 장화와 홍련은 직접 복수를 하지 않았을까요? 뭐, 복수가 별건가요? 밤마다 머리를 풀어 헤치고 입에 칼을 물고 피를 뚝뚝 흘리며 계모 앞에 나타나기만 해도 계모는 엄청나게 두려워하고 괴로워할 텐데 말이에요. 왜 당사자들에게 직접 복수하지 않고 철산 부사를 통해 뜻을 이루려고 했을까요? 여기에는 작가의 숨은 의도가 있답니다.

자, 만약 장화와 홍련이 개인적인 복수를 선택했다면 어떨까요? 그러면 계모와 장쇠의 죽음으로 소설이 끝났을 것입니다. 작가는 이렇게 소설이 마무리되는 것을 원치 않았을 거예요. 계모의 악행이 만천하에 드러나지 못하니 말이에요. 독자들이 더 큰 통쾌

함을 느끼려면 사건이 개인적인 차원에서 그쳐서는 안 돼요. 모든 사람이 계모의 악행을 낱낱이 알아야 하죠.

철산 부사가 장화 자매 사건을 처리하는 과정을 보면 작가의 의도가 명확히 드러납니다. 철산 부사는 자기보다 지위가 높은 평안 감사에게 사건을 전했고, 감사는 다시 조정에 알렸어요. 결국 왕까지 장화와 홍련의 억울한 죽음을 알게 되었죠.

"계모 허씨가 저지른 죄는 그 무엇으로도 씻을 수 없다. 그러니 능지처참하여 후세 사람들로 하여금 특별히 경계를 삼도록 하라. 아들 장쇠는 목을 매 죽이고, 장화와 홍련의 억울한 누명을 씻어 주고, 비석을 세워 주도록 하라. 배 좌수의 죄 역시 크지만 자매의 소원이니 풀어 주도록 하라!"

• 78~79쪽 중에서

조선의 왕이 내린 처분입니다. 《장화홍련전》의 작가는 계모 허씨의 악행을 널리 퍼뜨리는 결말을 통해, 계모들에게 선을 넘어서는 절대 안 된다는 경고를 했던 거예요. 이를 위해 부사, 감사, 왕까지 등장시켰던 것이죠.

고전으로 토론하기

《장화홍련전》에서 장화와 홍련은 불행했어요. 구박을 받고 죽임을 당하기까지 했죠. 소설은 계모의 탐욕과 그릇된 이기심으로 이런 일이 벌어졌다고 강조합니다. 그런데 이 모든 것을 계모 탓으로 돌릴 수 있을까요? 장화와 홍련의 죽음에 책임이 있는 사람은 또 없을까요? 아르볼 중학교에서 갑론을박 토론이 벌어졌어요. 함께 답을 찾아보면서 '가족'이란 무엇인지에 대해서도 생각해 봐요.

● 누구의 책임이 가장 클까?

선 생 님 모두 《장화홍련전》 재미있게 읽었나요?

강 민 흑흑, 선생님! 너무 비극적이었어요. 계모 허씨는 인간의 탈을 쓰고 어떻게 그런 나쁜 짓을 할 수 있죠?

유 라 그러고 보니 악독한 계모가 나오는 소설은 《장화홍련전》 외에도 많네요. 신데렐라의 새어머니도 그렇고, 백설공주를 괴롭힌 왕비도 그렇고……

강 민 맞아요. 《콩쥐팥쥐전》의 악독한 어머니도 계모였죠.

선생님 계모를 부정적으로 표현한 작품들이 참 많군요. 여러분이 말한 계모들은 모두 완벽한 악역이었요.

강 민 그런데 선생님, 저는 배 좌수도 조금 답답했어요.

유 라 배 좌수는 장화와 홍련을 아껴 준 아버지잖아.

강 민 그렇기는 한데……. 계모 허씨를 그렇게 악독한 여인으로 만든 데는 배 좌수의 책임도 있다고 생각해.

유 라 어떤 책임?

강 민 배 좌수는 허씨가 못생겼다는 이유로 멀리했고, 전처를 그리워하기만 했잖아. 남편 그리고 아버지로서의 역할을 충실히 하지 않은 것 같아.

유 라 그래도 허씨가 장화와 홍련을 구박한 게 가장 큰 문제 아닐까? 배 좌수에게 잘못이 있다고 해서 허씨의 행동이 정당화될 수는 없다고 생각해.

강 민 나는 허씨를 편드는 게 아니야. 배 좌수의 잘못도 있다는 점을 짚은 것이지. 솔직히 배 좌수의 판단력도 의심이 가는걸.

선 생 님 왜 그렇게 생각했나요?

강 민 제가 배 좌수라면 신중했을 것 같아요. 정말 장화가 임신한 게 맞는지, 계모의 모함은 아닌지, 장화가 나쁜 일이라도 당한 건 아닌지 고민하겠죠.

유 라 하긴 결국 장화 보고 죽으라는 명령을 내린 건 배 좌수지. 가문의 수치라며 딸을 사지로 내몬 아버지가 너무 냉정해 보이긴 했어.

강 민 차라리 장화더러 멀리 도망가라고 하는 방법도 있었을 텐데 말이야.

유 라 생각해 보니 소설의 결말도 별로야. 모든 책임을 허씨에게만 뒤집어씌우잖아.

● 소설의 결말은 누구를 위한 걸까?

선생님 정말 처음부터 끝까지 배 좌수는 아무런 해도 입지 않았네요. 전처는 병들어 죽고, 장화와 홍련은 억울하게 죽고, 후처와 장쇠는 처형당했지만, 배 좌수는 가벼운 처벌을 받았을 뿐이죠.

유 라 아, 정말 불공평해요! 작가는 배 좌수의 허물을 덮어 주고 싶었나 봐요.

강 민 지금 시선에서 보면 굉장히 불합리해 보이는 처분이지만, 그 시대에는 일반적이었던 것 아닐까요?

선생님 두 사람 정말 예리하군요. 이 소설은 17세기에 실제 있었던 사건을 바탕으로 만들어졌어요. 그러니 17~18세기 사람들의 생각이 반영되어 있겠죠. 당시 사람들은 배 좌수, 즉 아버지에게는 관대했습니다.

강 민 왜죠? 아버지라도 잘못을 했으면 벌을 받아야죠.

선생님 조선 후기, 가정에서 아버지의 위치는 막강했어요. 아버지는 집안의 대표, 즉 가부장이니까요. 가부장제 아래에서는 아버지가 권력을 갖고 집안을 책임지죠.

유 라 아하, 그러니까 막강한 권력을 가진 아버지에게 책임을 물을 수 없었던 거군요.

선생님 그러면 그 책임은 누가 질까요?

유 라 · 강 민 계모요!

선생님 맞아요. 사람들은 공동체에 갈등이 생길 때, 가장 만만한 사람에게 책임을 뒤집어씌워서 폭력을 행사하곤 해요. 그것을 '희생양'이라고 하죠. 그리하여 《장화홍련전》에서 가부장은 보호되고 계모는 희생양이 된 것이랍니다.

강민 선생님 말씀을 들으니 지금까지 제가 계모에 대한 편견을 가진 것은 아닌지 반성하게 돼요. 아동 학대에 대한 뉴스가 나올 때마다 '계모가 그런 거 아니야?'라는 생각부터 덜컥 했거든요. 저에게도 계모에 대한 편견이 있었던 것 같아요.

유라 배 좌수는 대를 잇기 위해 허씨를 필요로 했지만, 정작 집안에 갈등이 생기자 그 책임을 계모에게 뒤집어씌웠어요. 《장화홍련전》은 비판적으로 읽어야 할 소설이네요!

선생님 맞아요. 소설에는 가부장제를 강화하려는 의도가 숨어 있죠.

강민 선생님! 그런데 어느 책에서는 《장화홍련전》이 가부장의 잘못을 비판하는 소설이라고 하던데요?

선생님 오, 그렇게도 볼 수 있어요. 배 좌수의 무능과 잘못을 드러냄으로써 오히려 독자들이 가부장제에 대해 다시 한 번 고민하도록 만든다는 견해죠.

유 라 같은 소설을 전혀 다른 시각으로 읽을 수 있군요!

선 생 님 그렇죠. 관점을 달리 해서 보면 책 읽기가 더욱 흥미진진하답니다.

● 혈연이 그렇게 중요할까?

선 생 님 《장화홍련전》이 어떤 의도로 쓰였는지에 대해서는 의견이 다를 수 있어요. 하지만 조선 시대에 가부장제가 견고하게 유지되었다는 것은 분명한 사실이랍니다.

유 라 가문과 핏줄을 중요시하는 문화 때문에 그랬던 것 같아요.

선 생 님 혈연 중심의 문화 속에서는 전처 딸들과 계모와의 갈등이 일어날 수밖에 없을 거예요.

유 라 저는 가족은 혈연 중심으로 이루어져야 한다는 고정 관념에서 벗어나야 한다고 생각해요.

강 민 그게 고정 관념이라고? 피가 안 섞여도 가족이라면, 지금 당장 내가 너랑 가족이라고 우겨도 돼?

유 라 그게 아니라…….

강 민 지금껏 사람들은 같은 유전자를 공유하는 이들과 가족을 이루며 살아왔는걸. 네 말은 가족 제도 자체를 부정하는 것 같아.

선 생 님 민감한 문제인데요. 가족의 사전적인 정의는 이렇게 되어

있답니다. '주로 부부를 중심으로
한, 친족 관계에 있는 사람들의 집
단과 그 구성원'이라고 말이에요.

강 민 제 말이 맞죠? 유라야, 남녀
가 결혼해서 아이를 가져야 가족이
라고 할 수 있어.

선 생 님 잠깐만요! 혼인, 혈연, 입
양을 통해 가족 관계가 이루어진다
는 말도 덧붙여져 있어요. 그러니까 가족이 꼭 혈연으로만 이루어
지는 것은 아니란 말이죠.

유 라 강민아, 나는 혈연 중심의 가족을 부정하려는 게 아니야. 다
만 혈연으로 맺어지지 않아도 새로운 형태의 가족은 얼마든지 만
들어질 수 있다고 봐.

강 민 예를 들면?

유 라 재혼 가정, 입양 가정
이 있지. 부부 사이에 아이
가 없는 가정도 많아. 어떤
영화에서는 결혼하지 않고
아이만 낳아 기르는 여성의
이야기가 나오더라고.

선생님 맞아요. 외국에서는 동성끼리 결혼해서 아이를 입양하기도 해요. 이 경우에는 가족 구성원 사이에 단 한 명도 핏줄로 엮여 있지 않죠.

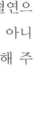

강 민 아하! 그러니까 유라는 혈연으로 구성된 가족을 부정하는 게 아니라, 다양한 가족의 형태를 인정해 주자는 말이군요?

유 라 그래, 맞아!

강 민 헤헤, 내가 오해했어. 나도 가족의 정의에 대해서 계속해서 논의하는 게 맞다고 생각해.

유 라 나는 다양한 가족의 형태가 인정받는 사회가 되었으면 좋겠어. 그러면 편견으로 인해 힘들어하는 사람들이 없을 거야.

선생님 맞습니다. 비혼모나 다문화 가정의 아이가 차별받는 일도 없어야겠죠.

고전과 함께 읽기

> 《장화홍련전》과 함께 보면 좋은 영화나 책 등을 소개합니다. 다양한 작품을
> 통해 고전 이해의 폭을 넓히고 재미를 느껴 보길 바랍니다.

영화 〈길버트 그레이프〉 가장도 힘들다!

이번에는 20세기 미국의 조그만 시골 마을로 가 봅시다. 인구
천 명이 조금 넘는 아이오와주의 작은 마을에 순박한 청년 길버트
그레이프와 그의 가족이 살고 있었습니다. 그레이프(grape), 즉 '포
도'를 뜻하는 단어에서 볼 수 있듯 그의 가족들은 하나의 가지에
주렁주렁 매달린 포도처럼 살아가고 있었어요. 그 가지는 길버트
였죠.

▲ 1994년에 개봉한 영화
　〈길버트 그레이프〉의 포스터

길버트의 가족은 모두 다섯이에요. 어머니, 누이 둘, 남동생 한 명이죠. 그런데 이 가족은 좀 특별합니다. 어머니 보니는 몸무게가 200킬로그램이 넘었어요. 남편의 죽음으로 인해 스트레스를 받아서 폭식을 거듭하다가 그렇게 되었죠. 남동생 어니도 문제였어요. 18살 어니는 지적 장애인이었고 몸이 약했어요. 길버트의 누나 에이미는 가족들을 돌보느라 혼기를 놓치고 말았죠. 마지막으로 멋 내기 좋아하는 16살 여동생 엘렌은 철부지 사춘기 소녀라고 생각하면 딱입니다.

자, 이런 상황에서는 '슈퍼맨'이 필요합니다. 경제를 책임지고, 어니를 돌보고, 엘렌의 투정을 받아 줄 사람 말입니다. 대체 누가 이 엄청난 일들을 감당했을까요? 바로 순수 청년 길버트였어요. 아직 결혼도 하지 않은 길버트가 아버지를 대신해서 가장의 역할을 떠맡습니다.

영화 〈길버트 그레이프〉에는 현대 사회에서 가장이 겪는 심리적 부담감이 잘 표현되어 있어요. 누나 에이미와 어머니 보니는 길버트에게 늘 강조합니다.

"어니 좀 잘 봐. 조금만 더 신경을 쓰면 되잖아."

"어니가 그렇게 큰 짐이니?"

물론 길버트는 모두를 위해 노력합니다. 하지만 집안의 모든 의무가 길버트에게 집중될 때, 그의 마음은 어떨까요? 생계를 위해 돈을 벌어야 하고, 삐걱거리는 집을 수리하고, 때때로 마을의 가스탱크에 올라가 말썽을 부리는 동생을 돌보고, 누이동생의 투정을 받아 주고, 집안에 문제가 생길 때마다 중요한 결정을 내려야만 한다면, 무엇보다 가족을 대표해야 한다면 말이죠. 가장의 역할을 떠맡는 일, 그것은 커다란 부담으로 다가올 겁니다.

앞서 우리는 《장화홍련전》에서 가부장의 권위가 강화되는 시기의 가족을 살펴봤어요. 가부장이 부당하게 이득을 본다는 느낌을 지울 수 없었죠. 하지만 모든 의무가 가부장에게 집중될 때, 그는 과연 행복할 수 있을까요? 길버트는 이렇게 말했죠.

"이곳에 사는 건 꼭 음악 없이 춤을 추는 것 같아."

가장은 삶의 주인이 아니라 수동적으로 살아갈 수밖에 없다는 한탄이 섞인 말이었죠. 가장이라고 해서 자기 욕망이 없을까요? 자신의 꿈은 뒤로하고 과도한 책임감뿐인 삶은 괴로울 수밖에 없습니다.

다행히 가족에 얽매여 살아가던 길버트에게도 흥미로운 일이 생겼어요. 신비로운 소녀 벡키가 나타났거든요. 그녀는 할머니와 함께 캠핑카를 타고 이곳저곳을 여행하는 소녀였죠. 길버트는 자유로운 벡키를 만나면서 꿈꾸는 법을 배웁니다. 길버트는 어떤 삶을 살게 되었을까요? 영화를 보며 확인해 봐요.

소설 《불량 가족 레시피》 우리가 정말 가족일까?

《장화홍련전》의 가족은 정말 사연이 많은데요. 청소년 소설 《불량 가족 레시피》에 나오는 고등학생 주인공 여울의 가족도 만만치 않습니다.

코스튬 플레이(영화나 게임 속 캐릭터로 분장하는 취미 문화)를 즐기는 여울은 자서전 쓰기 과제를 앞에 두고 갈등에 빠집니다. 과제를 잘

하면 장학금을 준다는데, 가족 이야기를 하려니 너무나 창피했기 때문이에요. 그래도 장학금으로 코스튬 플레이를 할 생각에 찬찬히 생각해 보았죠. 늘 잔소리인 할머니, 채권 추심(금전을 거래하는 과정에서 갚지 않은 빚을 대신 받아 내는 것)을 하며 근근이 살아가는 아빠, 주식만 하다가 뇌경색으로 쓰러진 삼촌, 다

발 경화증이란 희귀병에 걸려 기저귀를 차야 하는 대학생 오빠, 마지막으로 입만 열면 욕지거리인 고3 언니까지. 특이한 걸로 둘째라면 서러울 정도죠. 게다가 오빠와 언니, 여울은 아빠만 같고 엄마는 다 제각각인 이복형제랍니다. 여울은 가족을 떠올리면 답답했죠.

왜 엄마가 다 다르냐고요? 오빠의 엄마, 그러니까 첫째 엄마는 우울증으로 행방불명이 되었고, 언니의 엄마인 둘째 엄마는 아빠를 속여서 전 재산을 가로챘죠. 여울의 엄마는 어느 유흥 주점 댄서였는데, 여울을 낳고 사라져 버렸어요. 여울은 보지도 못한 엄마가 때때로 그리웠지만 가족들은 '엄마'라는 단어조차 꺼내는 걸 꺼렸죠. 여울은 이렇게 표현해요. '우리 가족은 밥 먹기 위해 유대 관계를 맺고 집이 없기 때문에 어쩔 수 없이 뭉쳐 사는 것 같다.'라고

말이에요.

여울의 가족은 어쩌다가 이런 지경에 이르렀을까요? 일단 경제적인 문제가 있겠죠. 하지만 가난보다 더 큰 이유는 서로 마음을 열지 않았기 때문일 겁니다. 개성이 강한 이복 남매 사이에는 교류가 없었고, 아빠도 그다지 노력을 하지 않았어요. 결국 여울 가족의 불화는 핏줄이 다른 가족을 받아들이지 못하는 문화에서 비롯된 것은 아닐까요?

할머니는 여울을 대놓고 구박했어요. 여울은 나이트클럽을 찾는 등 방황을 하기도 해요. 만약 할머니나 언니가 여울을 존중해주고 따뜻한 말 한마디를 해 줬더라면 어땠을까요? 자존감이 낮아지지도 않았을 것이고, 괜히 방황하지도 않았겠죠. 정 한 번 제대로 받아 보지 못한 채 오로지 엄마만 그리워하는 여울. 그 모습에서 죽은 어머니만 그리워하는 장화와 홍련의 그림자가 보이는 것 같지 않나요?

여울은 자존감을 무너뜨리고 자기를 무시하는 가족에게서 하루 빨리 벗어나고 싶었어요. 코스튬 플레이를 즐겼던 것도 이런 까닭이었어요. 다른 캐릭터로 분장하면 자신의 초라한 모습을 감출 수 있으니까요. 혼란스러운 현실을 잠시나마 잊을 수 있고요. 《불량 가족 레시피》를 읽다 보면 가족 구성원들이 행복을 위해 어떤 노력을 해야 하는지 고민하게 된답니다.

> 이 소설은 '가족'의 의미를 어떻게 정의해야 할지 물음표를 던지고 있어요. 우리는 아주 오랫동안 혈연 중심의 가족을 전통적인 가족 모델이라고 생각해 왔습니다. 하지만 다양한 가족의 형태가 존재하는 현대 사회에서 그 의미는 어떻게 달라질까요? 이제 고민해 보아야 할 때입니다.

영화 〈스텝맘〉 새어머니는 다 나쁘다고?

《장화홍련전》, 《콩쥐팥쥐전》이나 《백설공주》를 비롯한 수많은 동서양의 고전에서 계모는 못된 캐릭터로 등장해요. 그러면 현실에서는 어떨까요?

통계를 하나 살펴봐요. 2016년 한 언론사 뉴스에서 앵커가 언급한 자료인데요. 우리나라 아동 학대 사건의 가해자는 놀랍게도

▲ 1998년에 개봉한 영화
〈스텝맘〉의 포스터

친부모인 경우가 75.5퍼센트로 가장 많았다고 해요. 계부와 계모, 양부와 양모가 학대를 저지른 비율은 4.3퍼센트에 지나지 않았고요. 우리가 계모에 대한 잘못된 선입견을 갖고 있음을 알 수 있죠.

그렇다면 이런 인식을 바꿔 줄 수 있는 영화는 없을까요? 고심 끝에 찾은 영화가 있습니다. 당대 최고의 여배우인 줄리아 로버츠가 주연한 따뜻한 가족 영화 〈스텝맘〉이에요. '스텝맘'은 우리말로는 계모라는 뜻이죠.

이자벨은 촉망받는 사진작가예요. 이자벨은 루크라는 남자와 사랑에 빠지고, 자연스레 결혼을 생각하게 됩니다. 그런데 루크는 예전에 이혼을 하고, 안나와 벤이라는 두 아이와 함께 살고 있는 상태였어요. 이자벨은 루크의 두 아이와도 친해지고 싶었죠. 하지만 사춘기에 접어든 안나와 장난꾸러기 벤, 두 아이와 친해지는 것은 쉬운 일이 아니었어요. 특히 안나는 이자벨의 전화를 바로 끊어 버릴 정도로 심술을 부렸어요. 벤은 이자벨에게 호감이 있었지만 적극적으로 다가가지 못했고요. 게다가 이자벨은 루크의 예전 부인 재키도 신경 써야 했죠.

이런 상황에서 스텝맘 이자벨은 가족들에게 어떻게 대했을까요? 아빠와 자식 사이를 이간질해서 아이들에게 상처를 줬을까요? 아닙니다. 이자벨은 루크를 진심으로 사랑했기 때문에, 루크의 아이들도 마음 깊이 아끼고 싶었어요. 한 번도 엄마로 살아 본 적이 없기에 서툴렀지만 이자벨은 최선을 다해 노력했답니다. 그 과정에서의 따뜻한 에피소드들이 영화에 잘 나타나 있어요. 서로 조금씩 마음을 열어 가는 과정이 감동적이죠.

"안나는 더 나은 아이가 될 거예요. 나로 인해, 그리고 당신으로 인해. 난 아이들의 과거를, 당신은 아이들의 미래를 가져요."

친엄마 재키가 아이들의 새로운 엄마 이자벨을 받아들이는 장면이죠. 영화는 진심이 주위에 어떤 긍정적인 영향을 끼치는지 잘 보여 줍니다. 또한 가족의 의미에 대해서도 다시 생각해 보게 된답니다.

앞서 이야기한 뉴스 진행자는 이런 말을 덧붙였습니다. "어쩌면 계모에 대한 극적인 이야기들로 부풀려진 우리들의 그릇된 인식이, 이 세상의 많은 선량한 계부 혹은 계모들에게 벗어날 수 없는 굴레를 씌워 놓고 있다."라고 말이에요. 그러면서 어릴 때 미국으로 입양된 여인의 말을 언급합니다. 그녀는 가족에 대해 이렇게 정의했죠. "가족에는 한계가 없다. 피를 나눈 사람들만이 아니라, 내 인생에 받아들이기로 한 모든 사람이 가족이다." 여러분은 어떻게 생각하나요? 여러분에게 가족은 어떤 의미인가요?

물음표로 따라가는 인문고전 11

장화홍련전 우리가 정말 가족일까?

ⓒ 강영준 홍지혜, 2018

1판 1쇄 발행일 2018년 9월 10일 | **1판 2쇄 발행일** 2021년 6월 10일

글 강영준 | 그림 홍지혜
펴낸이 권준구 | **펴낸곳** (주)지학사
본부장 황홍규 | **편집** 전해인 문지연 김솔지 | **디자인** 최지윤
제작 김현정 이진형 강석준 방연주 | **마케팅** 송성만 손정빈 윤술옥 이혜인
등록 2010년 1월 29일(제313-2010-24호) | **주소** 서울시 마포구 신촌로6길 5
전화 02.330.5297 | **팩스** 02.3141.4488 | **이메일** arbolbooks@jihak.co.kr
ISBN 979-11-6204-032-4 44810
ISBN 979-11-85786-85-8 44810 (세트)
잘못된 책은 구입하신 곳에서 바꿔 드립니다.

이 도서의 국립중앙도서관 출판예정도서목록(CIP)은 서지정보유통지원시스템 홈페이지
(http://seoji.nl.go.kr)에서 이용하실 수 있습니다.(CIP제어번호: CIP2018026312)

제조국 대한민국　**사용연령** 10세 이상
KC마크는 이 제품이 공통안전기준에 적합하였음을 의미합니다.

 지학사아르볼　아르볼은 '나무'를 뜻하는 스페인어. 어린이들의 마음에
담긴 씨앗을 알찬 열매로 맺게 하는 나무가 되겠습니다.

홈페이지 www.jihak.co.kr/arb/book | **포스트** post.naver.com/arbolbooks